Anno

2

Diletta Dalla Casa
Lorena Sambruna

Amiche del cactus

golem Edizioni

www.golemedizioni.net

ISBN 978-88-98771-05-9

I Edizione Anno Aprile 2014

A tutti quelli che, sin dall'inizio,
ci hanno incoraggiate a scrivere questo libro
A tutti quelli che aspettano il prossimo
A tutti quelli che, in vari momenti della vita,
ci hanno detto di "non dire cazzate"
A tutti quelli che, con coraggio e volontà,
nonostante le spine della vita,
non risparmiano a se stessi e agli altri
qualche prezioso momento di leggerezza
Infine… a noi quattro amiche, vere teste di cactus!

Un giorno senza sorriso è un giorno perso.
C. Chaplin

Chi non sa ridere non è una persona seria.
F. Chopin

PREFAZIONE

Care amiche, cari amici,

ve lo ricordate "Il nome della rosa" di Umberto Eco? Tutti quei morti a causa di un libro, il secondo della "Poetica" di Aristotele, dove si parla del riso, lo si analizza, lo si ama. Ma per il riso non c'è posto, in quel tetro, forse inventato, Medioevo narrato da Eco. Perché il riso è pericoloso, indipendente, alternativo, divergente. E d'altronde "una risata vi seppellirà" fu uno slogan tanto celebre quanto di oscura origine, che si perde fra mondo latino, Bakunin, gli anarchici e arriva alle contestazioni sessantottine. Per essere poi volgarizzato dalla politica-spettacolo. Non soltanto non sottovalutiamo la risata, ma non possiamo non riconoscerne il suo significato antropologicamente rilevante. Cioè, se sappiamo ridere, vuol dire che siamo proprio fatti diversamente da chi ridere non sa.

E qui arriviamo alle "quattro amiche al bar": quando ho letto questo libro scritto così bene da Diletta e Lorena, ho pensato che le due ragazze possiedano una mente superiore. Oltre a uno spirito caustico, auto-ironico, e la felicità di scrittura. Soltanto una mente superiore si mette in discussione, si analizza, si pensa e si ripensa senza ripiegarsi su se stessa ma anzi aprendosi al resto del mondo. Del mondo ma anche del proprio condominio. Dal generale al particolare, dal globale al locale. Il "glocal" che tanto va di moda e che sarebbe pure una buona idea se venisse applicato. E le nostre scrittrici lo applicano, e su più livelli: sanno benissimo destreggiarsi tra l'alto e il basso, sanno contaminare i fescennini dell'antica Roma e le punte intellettuali della psicologia lacaniana. Lo fanno consapevolmente? Chi lo sa. D'altronde, alcuni di noi sono fortunati: hanno la possibilità di vederle, di parlare con loro, di chiederglielo.

A noi amici-lettori va bene tutto. Perché quali che siano i percorsi che Diletta e Lorena hanno compiuto per regalarci questa loro piccola delizia, l'importante è che ce l'abbiano regalata. Che abbiano avuto voglia, desiderio, pazienza, determinazione, di usare un po' del loro tempo nella restituzione del sapere, della gioia, della tristezza, del lazzo ammiccante, del doppio senso spiazzante, della riflessione fulminante. Pare che Voltaire dicesse: "Quando la gente comincia a ragionare, tutto è perduto". E così no che non ragioniamo, ma ci lasciamo con piacere trasportare dalle riflessioni, e dal riso, che suscitano in noi queste due belle signore. Tante grazie.

Alessandra Comazzi

PREMESSA

Dopo libri di cucina, uno dei grandi piaceri della vita, e dopo libri sul sesso, un altro indiscutibile piacere della vita, ecco un libro dedicato alla nobile arte del "*cazzeggio*"e a molto altro. Un libro che vuol far ridere, quantomeno sorridere, ma anche riflettere.

In un mondo spesso pesante e scoraggiante, riteniamo, e ce lo ripetiamo ogni giorno, che la capacità di sorridere di ogni cosa, prima di tutto di se stessi, non solo sia fonte di grande piacere ma, oseremmo dire, sia un dovere.

Questo non vuol dire eludere la realtà, illudendosi che questa cambi, che i problemi magicamente si risolvano, che i nostri disagi e le nostre ansie si dissolvano all'istante. La Vita resta sempre la Vita, con tutta la sua durezza, a tratti, ma anche con i suoi inaspettati squarci di poesia, avventura, dolcezza.

Un detto popolare recita: "La lunghezza della vita è la stessa, sia che la si percorra ridendo sia che la si percorra piangendo."

Ridere e sorridere con consapevolezza, ecco il nostro intento nello scrivere questo libro. Ridere come esercizio quotidiano che magari, poco a poco, diventa abitudine, la più bella che si possa immaginare, tra tante cattive abitudini.

Abbiamo voluto condividere con i lettori un piccolo spaccato di realtà, vissuta da quattro donne normali (si fa per dire!), con i loro voli alti e le loro cadute nei buchi neri. Quattro donne che, per un po' di tempo, hanno combattuto contro l'insidia peggiore del nostro tempo: quella del ripiegamento interiore, dello scoraggiamento, della disillusione. In questo "libro-cammino" di amicizia e condivisione, abbiamo capito che non è più tempo di razzolare a terra, bisogna puntare alto, al volo, traghettate da una cosa piccola e grandiosa come una risata.

Noi autrici-amiche, riflettendo, mugugnando, a volte piangendo, battibeccando, prendendoci in giro, confessandoci a vicenda ma, soprattutto, sdrammatizzando sempre, abbiamo riso, tanto, e siamo state bene. Ed è esattamente quello che auguriamo a tutti i lettori, che ci piace considerare nostri “compagni di viaggio e di Vita”, tra una pausa caffè e l’altra. Ad ogni nostro regolare appuntamento al bar, eravate sempre con noi, perché è a voi che pensavamo, a voi su e giù sull’ottovolante della vita.

E a proposito della Vita ricordiamoci che in ogni momento, siamo liberi di scegliere se andarle *contro* con la faccia dura o andarle *incontro* prendendola a braccetto. E insieme, passeggiando a braccetto con lei, noi che scriviamo e voi che leggete, potremmo scoprire che, ogni tanto, ci strizza l’occhio, compiaciuta e complice.

Perché la Vita è… di *spirito*! Ne siamo assolutamente certe.

GENESI DEL LIBRO

Eravamo quattro amiche al bar...

Quattro amiche accomunate, oltre che da un grande affetto, anche dal condividere, in vari modi, lo stesso condominio, in pieno centro, a Torino; ma soprattutto dall'aver trovato, nel simpatico e accogliente bar sotto casa, il nostro punto di ritrovo per mesi. Di solito verso le cinque del pomeriggio, ci si trova per un caffè (lungo, ristretto, macchiato, decaffeinato, d'orzo in tazza piccola e in tazza grande...), per raccontarci la giornata, per ricordare quelle precedenti e per organizzare qualcosa di piacevole per quelle a seguire. I ragazzi del bar, carinissimi, ormai ci conoscono, tanto che abbiamo quasi affittato il nostro solito tavolino. Sospettiamo che addirittura si preoccupino quando non ci vedono arrivare. L'aspetto più simpatico, inoltre, è che non dobbiamo neanche uscire dal portone, perché entriamo dall'ingresso sul retro, che dà sul nostro cortile condominiale. Siamo le *scrittrici deliranti* del condominio di via Principe Amedeo, 12, Torino.

Quella che si ritrova al baretto di via Carlo Alberto, angolo via Principe Amedeo, è una piccola *comunità*, molto varia ed estremamente unita. Innanzitutto dall'amicizia, poi dalla scrittura, infine da una valanga di altre idee *balzane*.

C'è **Giusy,** la custode, che non vive qui ma spesso riesce a fermarsi oltre l'orario di lavoro, le 17 appunto, per raggiungerci. C'è **Lena**, sorella di Giusy. Anche lei non vive qui ma ci viene spesso per lavoro e per salutare la sorella, quindi l'abbiamo *adottata*. Come non citare, poi, **Alessandra**, giornalista di fama, la *vip* del gruppo, tuttavia persona assolutamente alla mano ed estremamente cordiale. Alessandra abita nel portone accanto, quindi anche lei è stata, ovviamente, adottata. Più che ai nostri caffè pomeridiani, partecipa spesso ai pranzi luculliani preparati dal papà Giuseppe (le sue specialità sono la *panissa*, la pasta e fagioli, la *bagna cauda*, accompagnate rigorosamente dal salame di Trino!) a cui la comunità allargata è sempre invitata. Anche Alessandra, ogni tanto, a tavola, tira fuori una barzelletta o un aneddoto, ma la cosa più carina è sentirla cantare vecchie canzoni in piemontese. È una vera ricchezza per il nostro gruppo. Infine, ci siamo noi: **Diletta**, **Lorena**, **Lillina** e il signor **Pino Comazzi**, detto **Pinu**, gli stanziali. A volte ci siamo tutti, a volte manca qualcuno, ma ormai il *rito* è consolidato e tutti sappiamo che, scendendo al bar, tra le 16 e le 18 del pomeriggio, qualcuno del gruppo lo troviamo sempre. Dimenticavo. Oltre all'appuntamento del caffè pomeridiano, noi *teste di cactus* del gruppo abbiamo anche formato un *Harem*, con tanto di foto in costume tipico. E Pinu, novantenne ma più giovane e vitale di ciascuna di noi, è il *Sultano* del nostro *Harem condominiale*. Quando c'è lui, siamo tutte rapite dai suoi racconti, è lui che tiene banco, facendoci pendere dalle sue labbra. Accomiatandoci, ogni volta, ci alziamo tutte in piedi, tributandogli un ossequioso e divertito inchino e ripetendo in coro: "Riverisco!"

Crediamo proprio che sia stata la fortuna di questo *Harem* e la possibilità, anche nei giorni più bui di ciascuno di noi, di ricompattare il gruppo e i singoli cuori, a farci venire in mente qualcosa da raccontare agli altri. Perché questo tipo di situazioni hanno un potere, oseremmo dire, *magico*.

Nei nostri incontri si parla di tutto, tutti hanno "*la loro*" da dire e, soprattutto, tutti vogliamo perderci un po' nei discorsi e nelle avventure, più o meno liete, degli altri, per concederci il nostro momento di unione e condivisione e rafforzare questo meraviglioso senso di *appartenenza*.

Chi racconta i propri progetti, chi apre il cuore alle delusioni subite, chi annuncia pranzi comunitari o tenta il gruppo con mini-trasferte vacanziere dell'*Harem*. Chi ride per un nonnulla, contagiando tutti (**Lena** *in primis*!), chi versa qualche lacrima (**Diletta**, *in primis*!), chi consola e incoraggia (**Giusy** *in primis*!), chi, guardando la tazzina fumante di caffè, cerca di convincere le altre che è mezza piena (**Lorena**, *in primis*!), chi condivide un piccolo o grande successo (**tutte**, *in primis*!).

Ma soprattutto, immancabilmente, ad ogni ritrovo, ci sono nuove barzellette, come biscotti da accompagnare al caffè, come la schiuma soffice che si raccoglie golosamente con il cucchiaino, quando il caffè è un caffè macchiato.

Alla fine, una ristretta minoranza dell'*Harem* ha deciso di cimentarsi nella scrittura di un libro, un libro che raccontasse di noi e della nostra singolare esperienza.
Siamo state noi, *le quattro amiche al bar*, quattro donne molto diverse, con dentro tanto da dire.

Ecco come è nata l'idea di questo singolare progetto.

In un tranquillo pomeriggio di circa un anno fa, sorseggiando i nostri caffè, abbiamo preso la decisione di passare dall'idea, alla sua realizzazione, a tutti i costi, costi quel che costi.

In realtà, la scelta del genere non è stata immediata né facile.

Diletta, la più provata dalle recenti bastonate della vita, voleva scrivere un romanzo semi-tragico sulla sua ultima disgraziata storia d'amore, talmente pesante da toglierle quasi il sorriso. Ma il gruppo è anche squadra, e la squadra regge tutto e tutto trasforma. Ad ogni incontro, infatti, non mancava mai un suo piccolo, salutare sfogo, ascoltato amorevolmente, condito da qualche lacrima nella tazzina, per allungare caffè a volte troppo ristretti, come il suo cuore.

Giusy, affezionatissima a Diletta (come al resto del gruppo, ovviamente), molto sensibile ma anche molto saggia e concreta, ad ogni incontro si assumeva il compito di farla ragionare, di scuoterla dal torpore, per farla tornare con i piedi per terra e instillarle la voglia di ricominciare a lottare o, almeno, di ricominciare a ridere, tanto per fare un po' di *palestra*.

Lena, sorella di Giusy, di solito interveniva per terza, con la vivacità tipica del Sud e la capacità di mettere tutto sul ridere, di cambiare argomento, di buttare sul tavolo qualche frase in dialetto per non farci capire niente ma partecipare alla sua risata contagiosa.

Ma la *zampata* finale, ad ogni incontro, spettava quasi sempre a **Lorena**. Saggia, profonda e sensibile ascoltatrice. Anche lei dispensatrice di consigli fondati sull'ottimismo e sul dovere di affrontare tutto con animo più leggero e con l'ammonimento di fidarsi sempre delle sorprese della vita. Tuttavia, la sua arma potente, quella con cui ci stendeva tutte, poco prima di pagare i caffè a turno e accomiatarci, era il suo repertorio inesauribile e ogni giorno diverso di barzellette. Ancora ci chiediamo come faccia a ricordarle tutte.

Per fortuna, **Lorena** ha convinto **Diletta** a lasciar perdere il suo libro *strappalacrime*, per progettarne uno *strapparisate*, scritto a due mani ma a quattro cuori. In fondo, la gente non ha bisogno di rattristarsi ulteriormente, di occasioni e motivi ce ne sono già tanti, per tutti, nessuno escluso. Quello di cui le persone, ma anche noi ideatrici del progetto, hanno davvero bisogno è di ridere, quantomeno sorridere, almeno una volta al giorno.

Perché se è vero che "una risata allunga la vita", la tristezza e le continue *lamentatio* probabilmente la accorciano, di sicuro la *rattrappiscono.* E noi una vita *rattrappita* non la vogliamo. Voi?

Così ci siamo messe *sotto* (Lorena qui avrebbe voluto aggiungere: "Magari con qualcuno sopra!"), con disciplina, con convinzione, a volte anche controvoglia, per scrivere questo nostro, vostro libro. Come una *coccola*, una *carezza* per i momenti grigi, neri e più neri. Come un dono da farci a vicenda e da fare a voi lettori.

E il libro è arrivato, caffè dopo caffè, forse un po' *schizzato* per l'abuso di caffeina, ma pieno di energia buona.

Si ride e si riflette, più o meno seriamente, su tutto. Soprattutto sulle relazioni affettive, sul sesso, sull'amore, sulla vita di coppia, sulla sanità, sulla scuola, sul rapporto genitori e figli, sulla tecnologia, sul cibo, sulla politica, sulle varie età della vita.

Si ride, con rispetto, anche sulla crisi.

È proprio in tempo di crisi che ridere fa bene: è come un idromassaggio caldo e profumato, come un film divertente che distrae dalle ossessioni più nere, quelle che svolazzano sulle teste di tutti come avvoltoi sempre in agguato. Barzellette e risate per tenerli lontani, a meno che non siano spiritosi e vogliano unirsi al gruppo...

Allora, per concludere, anzi, per dare il via alle danze...

Forza e coraggio!
Dobbiamo stringere i denti!
Ma allora la domanda sorge spontanea:

"E con il sesso orale come la mettiamo?!"

AH, L'AMORE...

"Siamo così...", canta Fiorella Mannoia. Siamo tutto quello che dice lei, ma soprattutto siamo ben strane! Possiamo avere problemi con l'affitto da pagare, la schiena bloccata, l'auto che non parte, il capo che ci fa *mobbing*, il gatto con la gastroenterite acuta ma, alla fine, in cima ai nostri pensieri c'è sempre solo quello: l'Amore. Forse perché sappiamo bene, ciascuna nel proprio intimo, che se c'è l'Amore, l'affitto in qualche modo si paga, la schiena si sblocca, l'auto alla fine riparte, il capo lo denunciamo e il veterinario è pure uno strafigo che paghiamo volentieri. Che potere incredibile ha questo Amore! Quanto ci fa soffrire, ma anche ridere, a pensarci bene...

E se provassimo a prenderlo così sul serio da non prenderlo sul serio? Se provassimo a ridere di lui e con lui? A noi quattro amiche piace immaginarlo dotato di un grande senso dell'umorismo, mica un musone inacidito e con il fiato che puzza!

Appuntamento davanti alla guardiola di Giusy alle 17 o giù di lì. La prima a scendere è sempre Lorena. Veramente Lorena sembra aver affittato, oltre al nostro solito tavolino del bar, anche la sedia della guardiola di Giusy. Puoi passare a qualsiasi ora del giorno e, una volta su due, la trovi lì. E se non è lì, sono tutte e due fuori dal portone che se la raccontano, e se non sono fuori dal portone, sono in mezzo alla piazza. Viene da chiedersi se facciano delle novene in processione.

Forse pregano per il libro.

Comunque Lorena, puntuale per forza, in quanto semi-stanziale, di solito aspetta Diletta, che in anticipo non è mai arrivata a nesssun appuntamento in 42 anni di vita, infatti è per lei che è stato coniato il *giù di lì* rispetto alle canoniche 17. Diciamo che, avendo lavorato spesso come insegnante, si è abituata al quarto d'ora accademico e lo ha fatto suo, ormai, per ogni situazione, lavorativa, di svago o altro.

Breve sosta nella piccola ma accogliente guardiola, qualche volta c'è Pinu seduto sulla sedia (se è libera!), così ne approfittiamo per scaldarci un po', effetto-stalla. Poi, a passo lento, molto lento, stile processione, ci trasciniamo nella lunga traversata, di dieci metri scarsi, fino alla porta del retro che dà accesso al bar dal nostro cortile condominiale.

Sono sempre Lorena e Diletta a prendere posto per prime, andando diritte verso il nostro tavolo, su cui manca poco che i ragazzi del bar scrivano *riservato*. Cominciano ad ordinare, tanto le altre non si sa mai quando arrivano. Per Lorena è caffè fisso e basta. Per Diletta ogni giorno è diverso. Combattuta tra quello che le va (in questo periodo nero, quasi niente) e quello che le farebbe bene (e di cui non gliene importa niente), spazia dal caffè, al caffè macchiato con un bicchiere d'acqua fuori frigo, alla spremuta di pompelmo, che non c'è quasi mai, quindi di arancia, senza ghiaccio e zucchero, al succo di mirtillo che fa bene alla vista (notare che ha fatto il Laser agli occhi qualche anno fa... ma lei è così). Quando tocca a lei ordinare, si materializzano in un lampo penna e block-notes! Poi ci si mette pure Lorena, che vedendola sempre più magra, la tenta con un paninetto. Ma il paninetto a volte va giù, a volte no, come l'acqua del resto. In realtà Lorena fa la vice di Giusy, ispettrice alimentare dichiarata di Diletta. Infatti, ecco che entrano anche Giusy e Lena e, dopo i saluti, esclama immancabile l'inquisitrice Giusy: "*Diletta, hai mangiato?*". Giusy ormai è un disco rotto e glielo chiede a priori, tipo saluto "ricordati che devi morire"...ovvero "ricordati che devi mangiare". Giusy smonta alle 17, ma se incontrasse Diletta alle due del mattino glielo chiederebbe lo stesso. Ma va bene così. Per amore, solo per amore. E noi dell'Harem ci amiamo davvero.

In questo periodo, Diletta è la più coccolata dalle altre tre *teste di cactus*, che vorrebbero davvero farle un trapianto di cervello e innestare al suo posto una bella pianta grassa imperturbabile. Pene d'amore...

"*Dai, Diletta, si chiude una porta e si apre un portone,*" salta su Lena, che intanto ha preso posto, aggiungendo una battuta in un dialetto del più profondo Sud che capiscono solo lei e la sorella. "*Ma sì, vedrai, pre-*

sto incontrerai un'altra persona e dimenticherai il passato. Abbi fede." Aggiunge seria Giusy, con occhi da cerbiatto. Ma in fondo Giusy non era quella delle novene dalla guardiola alla piazza e ritorno? Il sospetto è che non fossero solo per il libro.

"*Il fatto è che è così difficile conoscere persone nuove, persone che ti piacciano. Alla mia età, poi.*" Interviene Diletta, giocando con la fetta di limone in fondo al bicchiere. "*Ma non è vero,*" continua Giusy, "*chissà quanti uomini ti vorrebbero, sei tu che non hai testa, sei sempre ferma al passato. E poi li scarti sempre a priori.*" "*Lo so,*" commenta Diletta, che intanto la fetta di limone la sta amaramente masticando, come il suo dolore. "*Il guaio è che sono sempre attratta da tipi sbagliati. O disperati con cui devo fare la crocerossina o artisti stralunati che vivono nel loro 'astro-mondo'.*"

"*Brava!*" Si inserisce Lorena, che intanto stava covando qualcosa in sorridente silenzio, "*vai pure con gli artisti, ma attenta che non ti tocchi una serata artistica come questa, capitata realmente ad una mia amica.*"

- Un ragazzo e una ragazza escono per il loro primo appuntamento. Terminata la serata, lui la porta sotto casa sua e se ne esce con la frase di rito: "Perché non sali un momento?" Lei: "La solita collezione di farfalle, immagino... Non ci casco!" "No, ti sbagli," risponde lui "ti prometto una serata di musica e magia: prima ti trombo e poi sparisci!"

"*Perciò,*" riprende Lorena, tra le risate del gruppo, "*se proprio deve essere un artista, evita almeno musicisti e maghi! Anzi, se fossi in te cercherei proprio un vero collezionista di farfalle.*" "*Ma va,*" salta su Lena, "*quelli si sono già estinti da tempo.*"

Intanto Diletta sorride e sente che il limone aspro, intriso dello zucchero di quelle risate, le ha fornito tutto il fabbisogno giornaliero di vitamine per il corpo e per lo spirito.

Ci dispiace per l'amica di Lorena, ma alla fine anche questa storiella ci conferma che, in qualche modo e in tanti modi, l'Amore è sempre magico, anche se non tutte le magie riescono come vorremmo... ("*O con il buco!*" Non poteva astenersi dall'aggiungere Lorena).

AH, IL SESSO…

Anche il Sesso, insieme all'Amore, è un altro bel tormentone, e mica solo dell'estate. Se la giocano, diciamo. La maggioranza degli uomini (e, badate, non è assolutamente una critica!) ha in mente quasi solo quello, mentre le donne… Pure! Dai, non nascondiamoci dietro un dito! Facciamo le romantiche, le sdolcinate, vorremmo sempre parlare, essere ascoltate, vorremmo i corteggiamenti di una volta, vorremmo le letterine scritte a mano, la portiera aperta, il mazzo di fiori con dentro un orsetto di peluches…. Quando poi, tra noi, non facciamo che parlare di sesso. Sesso che non si fa per scelta (nostra o non nostra), sesso che si vorrebbe fare, che si vorrebbe fare meglio e di più e con la musica e con le candele e con Elvis che, seduto sullo scendiletto, canta "Love me tender" e con la luna piena e con il cielo stellato e con la pioggia che batte contro i vetri e con i raggi di sole che illuminano la stanza e con le lenzuola profumate e con le lenzuola stirate (da lui) e con le lenzuola di seta (comprate da lui) e con champagne e fragole sul comodino e con i bambini dai nonni e con il cane dagli zii e con il telefono spento e con l'arrapamento di lui che non strappa ma contempla, estasiato, la tua biancheria intima sexy e costosa (pagata da lui) e con lui che si è lavato i denti (magari anche tutto il resto) e con lui che ti lega, e con lui che ti slega, con lui che ti frusta, con lui che ti fa due massaggi (prima e dopo), con lui che non deve chiedere mai, con lui che deve chiedere sempre, se no sicuramente sbaglia…

Insomma, ragazze, siamo oneste, il sesso è importante anche per noi. Non è che con questo diventiamo meno donne, semmai più femmine. E se vogliamo l'uomo maschio, è giusto che anche lui voglia la donna femmina. La donna sincera, la donna completa, né Lolita, né Santa Maria Goretti, né la mistress, né la new age *tuttospiritonientecorpo o* la vegana dei rapporti intimi.

Amore e Sesso sono due pilastri del tempio delle nostre vite. Sono alti uguali e devono star su contemporaneamente, se no il tempio vacilla. Quindi basta giudizi, preconcetti, finti perbenismi. Li avremmo forse rispetto a due colonne di un tempio?

Sono due universi meravigliosi e complicati. Così, anche il Sesso, come l'Amore, può dare gioia o dolore, può divertire o annoiare, può avvicinare o allontanare, può essere il meglio del meglio o solo accettabile o abbastanza scadente o non se ne parla nemmeno. Può avere alti e bassi, sospensioni, riprese, sbalzi di umore. Può stare fermo o camminare a passo lento, correre o danzare, sfrecciare o paralizzarsi, saltare o inginocchiarsi.

Il Sesso siamo noi. Siamo tutti specchi di altri infiniti specchi. E allora... specchiamoci nella meravigliosa miriade di sfumature del Sesso e, come vi abbiamo insegnato, ridiamoci su, sempre e comunque!

- Marito e moglie comprano una scatola di preservativi di sapori diversi. Una volta a letto, prima di fare sesso, lui le dice: "Cara, spegni la luce, così mi metto uno dei preservativi e tu indovini il sapore." Appena spenta la luce, la moglie si avvicina al pisello del marito ed esclama: "Gorgonzola!" E lui: "Aspetta! Non l'ho ancora messo!"

Stesso posto, stessa ora, stesse quattro amiche. I cucchiaini tintinnano nelle tazzine di caffè e l'aroma ci avvolge in un caldo e profumato abbraccio. Giusy è sorridente, ma stanca, per la lunga giornata di lavoro. Lena sta scherzando con uno dei camerieri (e chi la ferma? Forza della natura!). Lorena è vestita estrosa, con tutti gli accessori coordinati, serena e di buon umore, come sempre. Diletta è un po' pallida e tirata, così nasconde gli occhi buttandoli sul quaderno aperto, la biro già in mano. Sì, perché dovete sapere che questo libro è stato scritto su un delizioso quaderno per bambini, comprato da Diletta in Alto Adige (Diletta, ovunque vada, compra quaderni. Sembra che abbia una tessera punti valida a livello mondiale). E questo quadernino, con le scritte in tedesco e con le righe così diverse dalle nostre, ha viaggiato con noi, nella borsa di Diletta, per mesi. Un quaderno giallo con disegni infantili, le pagine consumate, gli angoli piegati, gli schizzi di caffè, le macchie d'acqua rovesciata per sbaglio, le cornicette disegnate da Diletta mentre si chiacchierava, come quelle che si facevano alle elementari, con cuoricini, stelline e ciliegie (passione particolare e inspiegata di Diletta... Un giorno, uno *bravo* le rivelerà molte cose, partendo dalla sua ossessione per le ciliegie).

Oggi si parla di viaggi. L'Harem vorrebbe organizzare una crociera ma temiamo che ci farebbero sbarcare al primo porto, casiniste come siamo. Comunque è evidente che tutte amiamo viaggiare ma non lo facciamo spesso e questo ci dispiace. Quella che viaggia di più è Lorena, sempre con le valigie pronte per trasferte Torino – Milano – Genova – Varazze – Clusone - Bergamo ecc.

"*Beate voi che vi siete sposate!*" Esclama Diletta, alzando gli occhi sempre sognanti dal quadernino. "*Io da piccola volevo sposarmi solo per due motivi: il vestito da sposa principesco e il viaggio di nozze. A 12 anni compravo regolarmente Vogue Sposa e il giornalaio mi guardava strano. Li ho ancora tutti da qualche parte. Man mano, cambiavo la scelta del vestito. Ancora adesso conosco tutti i nomi degli stilisti più sconosciuti di abiti da spose, potrei tenere una conferenza! Mi avrà portato sfortuna? Come quando ti scopano i piedi? Mi sta venendo il dubbio. Se li vendo su E-bay mi posso ancora salvare?*" "*No! Rassegnati,*" salta su Lena, spietata e baritonale "*queste cose non si fanno, ma non ti ha detto niente mamma? Come mettere da parte il corredo!*" Diletta sbianca di colpo. "*Non dirmi che ti sei fatta pure quello?*" Sbarra gli occhi Lena, mentre le altre trattengono risa e respiro. "*Me l'ha fatto mia nonna a mia insaputa! Era una sarta bravissima. Farmi il corredo era la sua passione.*" "*Ma almeno lo ha tenuto nascosto o te l'ha pure mostrato?*" Continua il massacro Lena. Silenzio. Attimi di panico. "*Non è colpa mia! Cosa dovevo fare? Quando mia nonna si avvicinava dovevo forse tapparmi tutto come la scimmietta 'io non vedo, io non sento, io non parlo'? Mi ha presa alla sprovvista! E se vendessi anche quello su E-bay? Dai, ditemi che c'è una soluzione per questa congiura ai danni di una ragazzina innocente!*"

Tutte ridono e alla fine ride anche Diletta. Ma il viaggio di nozze resta il suo chiodo fisso. "*Insomma, io nel viaggio di nozze ci spero ancora. In questi anni avrò cambiato meta mille volte. Pensate che c'è stato un anno in cui avevo scelto Ravello e tutti mi guardavano come se fossi diventata matta, come al solito. Immagino la magia dei preparativi...*" "*Avevo capito dei preservativi,*" la interrompe Lorena "*del viaggio, dell'entusiasmo, del giocare alla prima notte di nozze...*" "*Tesoro,*" continua Lorena, "*organizzati un bel weekend alle terme di Vinadio, dai, e lascia perdere i viaggi di nozze. Non sai cosa ti può capitare...*"

- Una coppia va in viaggio di nozze in Cina. Gironzolando per un mercato, vedono, su una bancarella, un paio di sandali. Il commesso cinese informa la coppia che si tratta di sandali magici, in quanto aumentano il desiderio sessuale. La moglie, allora, dice al marito: "Dai! Provali." Lui, che si sente già molto virile, pensa di non averne bisogno. Tuttavia, dopo le sfinenti insistenze della moglie, li prova. Dopo poco, viene preso da una fortissima agitazione, gli occhi sembrano uscirgli dalle orbite e, in preda ad una bramosia incontrollabile, afferra il ragazzo cinese, lo volta, gli strappa i pantaloni e lo inchiappetta. Il ragazzo, nel panico, gli urla: "Felmati, felmati! Te li sei messi a lovescio!"

"*D'accordo,*" interviene pacata, tuttavia risoluta Giusy, "*ma a parte questo piccolo incidente di percorso, magari poi di notte si saranno divertiti.*" "*Quanto durano di solito i viaggi di nozze adesso?*" Chiede Lena. "*Dipende,*" risponde Lorena, "*ma conosco tante coppie che si sono concesse anche tre settimane.*" "*Tre settimane...*" interviene Diletta con gli occhi che brillano e la fantasia che galoppa "*vuol dire almeno venti notti di amore appassionato!*" "*Certo, e sesso sfrenato,*" la rimbecca Lorena "*tipo questo.*"

- Il marito: "Ci facciamo una sveltina?" La moglie: "Perché, abbiamo un'alternativa?"

“*Ha ragione Lorena,*” interviene acuta Lena “*a volte il sesso fa cadere le braccia.*” “*Sì,*” replica Giusy, “*però spesso le cose vanno al contrario rispetto alla barzelletta. Molti uomini si lamentano che dopo il matrimonio le compagne perdono desiderio e i rapporti cominciano a diminuire, fino anche ad una volta al mese, se va bene. Raccontiamola giusta.*”

Raccontiamola come vogliamo, non c'è un giusto e sbagliato. Il fatto è che si vorrebbe la bacchetta magica per cambiare o rendere perfette le cose, invece forse basta sapersi accontentare e apprezzare quello che si ha già sotto gli occhi, per rendersi conto che è già un po' magia. Perché la Vita di per sé è magica e, se lo vogliamo, possiamo esserlo anche noi, anche senza bacchette e pozioni.

La felicità è desiderare ciò che si ha, non avere ciò che si desidera.

MATRIMONI E ANNIVERSARI

Anche oggi un altro pomeriggio di occupazione. Sì, ormai ci sentiamo un po' delle squatter che hanno cominciato ad occupare un tavolo, per passare a due, quando l'Harem è al completo, o quasi. I ragazzi del bar ci sorridono e scherzano volentieri con noi, ma forse, sotto sotto, temono un'occupazione generale dell'intero bar. In effetti, non sarebbe una cattiva idea. In fondo, l'Harem una sede sua ancora non ce l'ha!

Le prime occupanti di oggi sono Lorena e Diletta. Lorena con le sue belle sciarpe colorate e le scarpe con tacchi vertiginosi, Diletta con il suo quaderno in mano che sbatte sul tavolo con decisione, quasi a voler marcare il territorio. Immediatamente dalla sua borsa stile Mary Poppins salta fuori anche la biro e dai suoi modi si capisce che è pronta per il combattimento. I ragazzi vengono a prendere le ordinazioni, ma solo per Diletta, che cambia ogni giorno, come cambia idea e biancheria intima. Lorena, invece, è un classico: caffè e basta. Diletta, a volte, invidia la sua semplicità, la sua chiarezza di idee, a partire dalle ordinazioni al bar. In fondo, anche la costante dello stesso caffè, alla stessa ora, ogni pomeriggio è già una sorta di paletto, di punto fermo nella vita. Diletta è più sgarrupata, punti fermi ne ha ben pochi, tutto cambia e si ridiscute ogni giorno. Ma lei è convinta che si tratti di un percorso, come la scrittura del libro e che, forse, quando il libro sarà finito, riuscirà anche lei ad ordinare un caffè e basta, senza ogni volta meditare dieci minuti, quasi dovesse ricordare la data di nascita e morte di Kant.

I ragazzi sono così abituati a vederci scrivere, che le poche volte in cui non tiriamo fuori il quaderno si preoccupano. Per fortuna, però, ci servono lo stesso. Ormai il tormentone libro è diventato un affare condominiale e la voce sta girando su e giù per le varie scale.

Lorena è più allegra e baldanzosa del solito. Oggi è l'anniversario del suo matrimonio con Roberto. Ci ha già raccontato, in un'altra occasione, che si sono sposati ben due volte!

"Che invidia, Lori, beati voi! Però non è giusto, tu due e io neanche una! Ma non c'è proprio un po' di giustizia distributiva in questa vita?" "*Dai, su,*" la consola Lorena, "*presto incontrerai anche tu una brava persona e allora vedrai che matrimonio ti organizzerà l'Harem! Anzi... adesso che mi ci fai pensare... non so mica se ti puoi sposare, ora che sei nell'Harem. Come minimo devi chiedere il permesso a Pinu!*" "*Vuoi dire che se la Madonna di Fatima e S. Antonio da Padova mi facessero la grazia di incontrare la persona giusta, dovrei perderla subito, dicendogli che sono una concubina e che deve andare a chiedere la mia mano al Sultano dell'Harem? Quello mi molla su due piedi e poi fa una segnalazione al Centro di Salute Mentale di zona!*" "*Ma no, se è un vero uomo, uno alla tua altezza, sarà divertito e anzi chiederà di far parte dell'Harem, proprio come ha fatto tuo papà, che si è proposto come travestito!*" "*Brava lei, e infatti Pinu cosa gli ha risposto? 'Solo se mette la minigonna'. Ce lo vedi mio papà, ex direttore industriale con portamento da Lord inglese, in minigonna? No, non ho speranze. Ne avevo poche prima, ma ora che sono intrappolata nell'Harem si stanno riducendo al minimo. Pazienza, invecchierò con voi e festeggerò i vostri anniversari...*"

"Ma poi cosa credi? Non sono mica un affare di stato gli anniversari! Quelli che non sono sposati danno tanta importanza ai festeggiamenti perché non lo possono fare, ma ti assicuro che per chi è sposato, alla fine, sono giorni normali. E comunque si dovrebbe festeggiare ogni giorno, mica solo una volta all'anno, per dovere. Tu idealizzi sempre tutto, ma guarda che io so di anniversari abbastanza tragici. Vuoi sentirne qualcuno? Così magari ti passa l'ossessione."

- Marito e moglie festeggiano i 25 anni di matrimonio andando alle Maldive. Al rientro, lui incontra un amico che gli dice: "Ho saputo che per l'anniversario hai portato tua moglie alle Maldive! Caspita, chissà cosa farai per i 50 anni!" E il marito: "La vado a riprendere!"

- Una coppia di settantenni festeggia i 50 anni di matrimonio con una cena sexy. Sono a tavola, nudi. Lei: "Caro, sento ancora un calore addosso, proprio come 50 anni fa." "Cara," risponde lui "hai le tette nel brodo!"

"*Comunque,*" interviene ridendo Diletta, che un po' scrive e un po' ride, "*c'è molta intelligenza anche in questo accettarsi per quello che si è. Invecchiare insieme, continuando a condividere la vita, trasformando la passione erotica in profondo affetto e complicità. Credo davvero che la cosa più bella, per una coppia che resiste alle intemperie della vita, sia imparare ad amare anche i difetti dell'altra persona. A un certo punto non ti danno più fastidio, ti fanno tenerezza.*" "*Come sei romantica... E io che speravo di farti passare l'ossessione... Sei un caso troppo difficile anche per me e le mie barzellette! Per oggi ci rinuncio, hai vinto tu.*"

ROMANTICISMI

Oggi pomeriggio, in guardiola da Giusy, ci sono Pinu e Lorena. Pinu è seduto sulla sedia solitamente occupata da Lorena, la quale è in piedi, mezza fuori e mezza dentro la guardiola, sbirciando se vede comparire Diletta dal portone. Un po' in ritardo e trafelata, come al solito, alla fine Diletta compare. Sono le 17.15 e Giusy può tranquillamente chiudere la guardiola. Intanto gli altri tre la precedono in direzione del baretto. Occupiamo il tavolo e teniamo il posto per Giusy e per eventuali altre odalische dell'Harem.

Ecco Giusy che arriva insieme a Lena che ha portato un'amica che conosciamo bene.

Oggi festa! Siamo in tanti.

Neanche il tempo di farle sedere, che Diletta e Lorena iniziano un terzo grado all'amica di Lena, la quale sta vivendo l'inizio di una possibile storia d'amore, con tutti gli annessi e connessi. Una storia a distanza… ancora più romantico! Messaggi ad ogni ora del giorno e della notte, telefonate interminabili per accorciare le distanze e sentirsi più vicini. Lorena guarda Diletta e sospira. "*Tu queste cose non dovresti sentirle, ti fanno male! Oggi parliamo di politica e riciclaggio di denaro sporco, vediamo se riesci a commuoverti!*". "*Cosa c'è di male nel sognare una storia d'amore con la A maiuscola? Si vede che, invecchiando, torno bambina. Dieci anni fa mica ci pensavo all'amore. Solo lavoro e volontariato estremo. Che stordita! Adesso devo recuperare.*"

Mentre l'amica di Lena finalmente scuce qualche dettaglio della sua nuova *piùcheamicizia*, noi ci gustiamo i caffè con biscottini. Diletta tira fuori il quaderno dalla borsa, diligente come una scolaretta. "*Non vorrai mica prendere appunti su quello che diciamo, vero?*" Salta su Lena, allarmata. "*Mica penserai di far finire la mia amica nel vostro libro?*" "*Ma no, giuro, non scrivo niente, disegno solo le mie ciliegie, così mi rilasso.*"

Terminato il racconto rosa, Giusy ha qualcosa da dire. "*Anch'io mi sento un po' come Diletta. Non importa l'età che ho. Mi piace sognare, mi piacciono i romanticismi, mi fanno sentire viva, con la voglia di alzarmi dal letto alla mattina. Sapere che c'è qualcuno là fuori che pensa a te, solo a te. Non è consolante e gratificante?*" "*L'importante è che non sia un maniaco che ti pedina ovunque e ti fa la posta. Anche uno così pensa solo a te, credimi!*" Irrompe perentoria, ridendo, sua sorella Lena. "*Mi sono 'espressa' bene, ragazze o mi devo fare un doppio espresso?*"

Esprimiamoci, bene o male, cosa importa? Basta che ci esprimiamo, che condividiamo, che ci sentiamo capite e accolte. Battibecchiamo di continuo ma siamo sulla stessa barca. Giochiamo tra noi a ping pong ma in realtà stiamo tutte dalla stessa parte del tavolo e tiriamo la pallina a chissà chi, dall'altra parte. Il fatto è che, nonostante le infinite batoste prese da tutte, nessuna esclusa, noi donne restiamo delle inguaribili romantiche. Questo è bello e apprezzabile, vuol dire che non ci arrendiamo, vuol dire che, a dispetto di tutto, vogliamo continuare a sognare. E sognare non significa non stare con i piedi per terra, non accettare gli insegnamenti quotidiani della vita e le parole della realtà. Sognare significa restare aperte al nuovo, al bello, alla sorpresa. Perché... ce lo meritiamo! Ed è proprio qui, quando tutto sembra darci contro e farci credere di essere delle povere illuse, che entra in gioco... il gioco! E allora, anziché piangerci addosso o piangere sugli altri o dentro la tazzina di caffè ("*Diletta, basta, almeno lacrimassi latte schiumato!*" Sbraita ogni tanto Lorena), si ride, insieme. E ci si sente già un po' più leggere.

Lorena è la nostra maestra. È lei che, più di noi, ha insito il dono della sdrammatizzazione. È lei che accende i pomeriggi al bar, captando con sensibilità lo stato d'animo comune.

"*Ragazze, sapete quando è nato il baciamano?*" "*Mah, forse nel Seicento,*" azzarda Diletta, romantica da carie ai denti e che prende tutto sempre sul serio. "*No,*" la stronca Lorena. "*Quando la donna disse: 'Me la lego al dito'.*"

"*Sì, le donne fanno le dure ma si sciolgono per una semplice rosa,*" commenta Giusy. "*Provate a negarlo!*"

"*Guardate,*" imperversa Lorena "*io vi consiglio di stare solide e di non sciogliere un bel niente. Una rosa ti può pure pietrificare. Sentite questa.*"

- Tra amiche. Una: "Il mio ragazzo mi ha regalato una splendida rosa rossa e poi mi ha detto che tornerà da me non appena avrà perso tutti i petali." L'altra: "Ma che pensiero romantico! Non sei contenta?" "No, perché la rosa è di plastica!"

Ridiamo tutte. Lorena ha sempre l'ultima parola, o quasi. "*Non compatitemi che già mi sento la piccola fiammiferaia a raccontarvelo,*" interviene Diletta, con sguardo mesto ma sorrisetto sarcastico "*a me hanno regalato sia una rosa di plastica che una rosa di tessuto.*" "*E vantatene,*" sghignazza Lena. "*Domani te ne porto una di pelle di montone, così inizi a collezionarle.*" Lorena la salva in extremis, con la zampata finale del quotidiano confronto-scontro su temi che scottano.

"*Ragazze, sapete perché le donne guardano i film porno fino alla fine?*" "*Non guardare me,*" interviene Giusy, "*perché io non ne ho mai guardato uno.*" "*Io qualcuno sì,*" bofonchia Diletta, mentre beve da una tazzina vuota per darsi un contegno. "*Però sempre solo l'inizio.*" "*Anch'io,*" le dà manforte Lena. "*Bugiarde!*" Sogghigna Lorena. "*Comunque il perché ve lo dico lo stesso. Perché sperano che alla fine tutti si sposino! E stasera tutte a casa mia per una sessione a luci rosse, voglio mettervi alla prova. Le mie barzellette sono storie vere!*"

AH, LA DEVOZIONE...

Eccoci sedute al nostro tavolo, Diletta e Lorena. È un po' prima del solito e le altre non sono ancora arrivate. Intanto che le aspettiamo, ordiniamo. Lorena trema, perché questo della scelta è un momento altamente impegnativo per Diletta (come se gli altri non lo fossero!). Invece, decisa, Diletta richiama l'attenzione di uno dei due ragazzi del bar e ordina un caffè. Lorena, incredula, si accoda: "*Anche per me*". Il ragazzo si rivolge poi a Diletta: "*Per te normale?*" Non l'avesse mai detto! Diletta resta con la bocca semi-chiusa e gli occhi tipo apparizione di Nostra Signora. Salta su Lorena ad interrompere il quadretto mistico: "*Perché, a me normale no?*". Tutti ridiamo e Diletta, per non deludere le aspettative rassicuranti di tutti, apporta subito una modifica: "*Facciamo lungo, macchiato e con un bicchiere d'acqua fuori frigo*". "*Ah, ora ti riconosco. Per un attimo ho temuto che volessi davvero ordinare un caffè normale!*" Ironizza *Lorenalinguatagliente*.

L'atmosfera è anche oggi quella di sempre: provocatoria, esuberante, pungente, disinibita.

Vediamo aprirsi la porta sul retro ed è Lena, che ha appena finito di lavorare. Ci informa che Giusy tarderà qualche minuto. Intanto spara una battuta in profondo *sudese* e neanche riesce a raccontarla, tanto ride e tossisce. Lena è davvero una donna autosufficiente: se la canta e se la ride. Non sappiamo come faccia, è sempre di buon umore, c'è sempre qualcosa di cui ridere e sparlare. Non sembra neanche mai stanca. Un'adolescente, ecco cosa sembra Lena. Un'adolescente scugnizza.

Ecco che si riapre la porta, ed è Giusy. Sta con un piede dentro e uno fuori, finendo la sigaretta. Poi si avvicina al nostro tavolo e si fa i suoi dieci minuti in piedi. Non abbiamo ancora capito perché non riesca a sedersi subito. Diletta è l'esatto opposto. Se potesse, sposterebbe il bar in cortile e quando entra nel baretto corre verso la sedia come se stesse per partorire. Invece Giusy sta lì, parla, sorride, scherza, fa tutto normalmente, ma stando in piedi. In effetti, spesso è combattuta tra il fermarsi con noi e il tornare subito a casa a sbrigare le mille incombenze di ogni giorno. Ma anche oggi siamo riuscite ad *assettarla*, dopo averle preso in ostaggio la borsa.

"*Avete già ordinato?*" Chiede Giusy, ormai rassegnata. "*Per carità, non toccare questo tasto,*" salta su Lorena. "*Abbiamo appena fatto mezza via crucis. Voi due vedete di darvi una regolata, se no io vi mollo qui e vado a fare la scala santa in ginocchio in chiesa, che ha più senso!*" Risate. Diletta le scarabocchia la mano con la penna.

Arriva il nostro amico cameriere con il vassoio e cerca di farsi largo tra quaderni, penne, borse, beauty case e altri gingilli femminili. "*Allora, va avanti 'sto libro?*" Ci chiede. "*Alla grande,*" risponde svelta Lorena. "*Ma tu non ne hai qualcuna da raccontarci? Dai, pensaci, aiutaci!*" "*Qui succedono solo storie vere,*" risponde lui "ma a volte sono peggio delle barzellette. Proprio stamattina, un tipo si avvicina al bancone, mi guarda e mi dice: '*Devo chiedere a lei?' Io non sono riuscito a trattenermi e gli ho risposto: 'No, a quello che passa là fuori!' Ma vi sembra? C'è gente strana in giro...*" "*Non guardare noi,*" lo incalza Lena "*noi siamo delle normalissime e rispettabilissime scrittrici.*" "*Forse un po' stravaganti e con qualche problema con le ordinazioni, ma siamo a posto, stai tranquillo!*" conclude Lorena, strizzando l'occhio a Diletta.

Da qualche giorno, Lena, Giusy e Diletta hanno programmato per stasera un'uscita in un locale dove si balla latino - americano. "*Allora stasera si va, eh?*" Si rivolge Lena perentoria a Giusy e Diletta. "*Dai, andiamo, ci divertiamo!*" Risponde eccitata Giusy. Diletta corruga la fronte: "*Ma perché proprio latino-americano? Sapete che amo la danza e ho imparato a ballare quasi tutto, ma il latino - americano no! La musica non mi dispiace, è l'ambiente che mi dà rigetto.*" "*Invece ti fa proprio bene stare in mezzo a un bel po' di giovanotti terruncelli con la catena al collo e cinque anelli per mano!*" La rimbecca decisa Lena. "*Sì, o magari qualche tardone sfigato che ti fa la corte tutta la sera e ti insegna pure a ballare!*" Ci mette un carico Lorena, che poi continua, non paga: "*Dai, dai, tappati per bene da zoccola aristocratica, che stasera trovi l'uomo per te. Anche tu però con un bel catenone al collo e il piercing sulla lingua. Dopo andiamo a farlo insieme!*" "*La smettete? Siete proprio sadiche. E poi parli proprio tu, Lorena, che hai un marito da film e a me vuoi rifilare il tamarro tatuato, così mio padre mi disereda pure!*" "*Già, a proposito,*" interviene Lena "*perché non vieni anche tu con noi, Lorena?*" "*Infatti!*" Starnazza Diletta. "*Vieni pure tu a farti mettere la mano sul c..o da quegli strafighi che incontreremo. Facile parlare, eh? Mettiti in gioco anche tu!*" "*Mi piacerebbe, ragazze, sul serio,*" dice Lorena con un finto sorriso di dispiacere "*ma stasera Roberto arriverà tardi e stanco. Voglio preparargli la cena e aspettarlo. Sapete come sono, mi dispiace lasciarlo solo. Lui non avrebbe niente da ridire, se sono con voi, poi, sarebbe pure contento. Ma sono io che proprio non riesco. Una sera organizziamo una pizza tutti insieme, così viene anche lui.*" "*Sei proprio la mogliettina ideale,*" la schernisce Lena "*stasera ti vesti pure da geisha? Gli fai anche il massaggio thailandese e la tisana ayurvedica?*" Lorena ride e lascia dire. Lei è così. Fa quello che sente giusto e non le pesa affatto. "*Questa è proprio devozione matrimoniale, Lori!*" Si vendica Diletta. "*Ti chiamerò 'Beata Lorena patrona delle mogli e delle geishe.'*". Risata generale, al temine della quale, Lorena riprende la parola: "*A proposito, di devozione, ne so giusto una.*"

- Conversazione tra due amiche. "Mio figlio è nato quando mio marito era già morto.
  In suo ricordo, l'ho chiamato 'W G T E J R Z K'."
  E l'amica: "Era straniero?" "No, era un ottico."

"*E ora non mi dite che sono a questi livelli, vi prego!*" Conclude Lorena, ridendo ancora.

Interessante il tema di oggi. Caratteristica nobile ma alquanto pericolosa, che caratterizza molte donne: la devozione, la sindrome della geisha. Tutto bene, ci sono uomini che si meritano il meglio di noi (come Roberto, marito di Lorena e nostro caro amico) ma alla fine, la vera devozione forse la dobbiamo prima di tutto a noi stesse. Noi, per prime, ci meritiamo il meglio di noi. Guai a dimenticarlo!

AH, IL NATALE...

Sono passate le feste ma il cortile dove abita l'Harem è ancora in gran splendore. Nessuno gli ha detto che siamo tornati alla normalità. C'è l'albero gigante addobbato da Giusy, le magnifiche decorazioni di Massimo, le luci sul terrazzo di Pinu, preparate i primi di novembre, la ghirlanda appesa alla porta del retro del nostro baretto e una deliziosa coroncina, con peluches incorporato, attaccata alla porta dell'ascensore.

Come faceva quella canzone che si cantava da bambini in parrocchia? "La nostra festa non deve finire, non deve finire e non finirà..."

Durante le feste, l'Harem è stato più unito che mai, con pranzi e cene a casa dell'uno o dell'altro. Ha sparso in giro, nel condominio e nelle vie attigue, quel luccicare infantile degli occhi, anche se il regalo più atteso sotto l'albero non era una moto telecomandata o un videogame, ma il calore dell'amicizia e soprattutto la gratitudine per un dono che neanche si osa chiedere a Babbo Natale, tanto è raro e difficile da trovare.

Dopo la pausa natalizia, riaprono gli uffici e riprendono le attività, tra cui quella della scrittura di questo libro. Stesso posto, stessa ora, non è cambiato niente, solo le cifre dell'anno.

Le nostre sono già di piantone in guardiola, sollecitando Giusy a chiudere in fretta, per rifugiarsi dal freddo di gennaio nel solito baretto.

Tutte sfoggiano qualche capo nuovo, ricevuto in regalo o frutto dei primi saldi. Il nuovo fa bene, suggerisce nuovi inizi in tutti i sensi, nuove avventure. Solo il quaderno è rimasto lo stesso. Ma quello è un must, tutto spiegazzato, pieno di orecchie, macchiato di caffè, di acqua, di pioggia, di cioccolata...

"*Che bello il nostro albero!*" Esclama Giusy orgogliosa, appena ci siamo svestite e sedute. "*Ce lo invidiano tutti. Provate a dare un'occhiata agli altri condomíni. Sembrano le sorellastre brutte di Cenerentola a confronto.*" "*È vero,*" conferma Lorena, "*puoi proprio essere fiera del tuo albero, ha pure la punta diritta!*" "*Perché gli altri come ce l'hanno?*" Domanda Diletta ingenuamente. "*Spero per loro che ce l'abbiano diritta,*" continua, ridendo, Lorena. "*Questa non la capisco, Lorena,*" interviene Giusy "*hai bevuto troppo, secondo me, in queste feste. Vaneggi.*" "*Ah, allora questa non la sapete! Bene, cominciamo con la prima barzelletta dell'anno nuovo. Tutta nuova anche lei!*"

- Perché l'albero di Natale ha la punta diritta? A forza di toccare le palle!

Ridono tutte e tre. L'Epifania, che tutte le feste si porta via, non si è portata via la nostra voglia di ridere e sdrammatizzare. Perché, ovviamente, c'è sempre la drammatica del gruppo, Diletta, da mettere in riga. Eccola che comincia. "*Ragazze, non so voi, ma io sono contenta che sia tutto finito. Manca San Valentino e poi mi metto in pace fino al 25 aprile.*" "*Perché?*" Interviene Giusy. "*L'atmosfera che precede il Natale è unica. Tutto è un po' fiabesco e la città si riempie di musica.*" "*Sentite, a me invece mette ansia. Vi ricordate quel giorno di metà novembre, circa, che sono arrivata qui bianca come un cencio e avete chiesto ai ragazzi acqua e zucchero urgentemente?*" "*Certo che ce lo ricordiamo,*" interviene Lorena "*ci hai fatto prendere uno spavento! Tutti hanno pensato che fossi stata appena scippata o molestata, invece, 'sta testa di rapa... Eravamo insieme nella piazza, stavamo attraversando la strada per entrare nel portone, ha alzato gli occhi e... apriti cielo! Cosa ha visto? La Madonna di Fatima? Cristo che camminava sulle acque? Babbo Natale travestito da drag queen? Noooo! Semplicemente, per una volta, aveva alzato gli occhi da terra e aveva visto le luminarie! Spente per di più. Ditemi voi come si fa ad avere una testa simile?*" "*Mi è preso un attacco di panico. Lo sapete che a me l'atmosfera pre-natalizia fa male. Mi scombussola tutto dentro, mi sento obbligata ad essere festosa e giuliva ma i miei sentimenti non hanno mica il calendario incorporato! E così diventa stridente. Lucine e sbarluccichii fuori e il mio buio dentro. Non dico che non ho apprezzato il calore della famiglia e degli amici, però alla mia sensibilità fanno male le dosi massicce. Io ho bisogno di 5 mg di magia e favola ogni giorno, non di una tonnellata per un mese e via.*" "*Ma dai,*" le scompiglia i capelli Giusy "*se ti ho pure vista un giorno vestita da albero di Natale, con il piumino verde, le scarpe, la borsetta e i capelli rossi.*" Diletta sorride ma non desiste. "*A voi piaceranno, ai turisti ancora di più, ma io non ne posso più di 'ste luminarie, sempre le stesse, così invadenti. A dicembre camminavo a testa bassa ma loro proiettavano le ombre e mi fregavano sempre!*" "*Esagerata!*" Esclama Lorena. "*Ma se sono il vanto della città!*" Anche Giusy è d'accordo, ma Diletta non sente ragioni. "*Sapete cosa volevo fare a novembre, quando le hanno installate?*" "*Attacchiamoci alla sedia,*" ride Lorena, ammiccando a Giusy. "*Volevo scrivere al Papa, già che gli scrivono tutti.*" "*Dicci che non l'hai fatto, ti prego,*" la afferra per le spalle, scuotendola, Lorena "*dicci che non ti abbiamo persa per sempre!*" Diletta invece è serissima e continua. "*Non l'ho fatto ma giuro che l'anno prossimo lo farò. Anzi, magari mi porto avanti e gli scrivo quest'estate.*" "*E cosa cavolo avresti scritto al Papa?*" La punzecchia Lorena, con le lacrime agli occhi dal ridere. "*Avrei scritto: 'Caro Francesco, mi chiamo Diletta e vivo a Torino, condannata da anni a reggere il peso delle famose luci d'artista. Io non ti chiedo il miracolo (che non puoi fare ma forse potresti chiedere in alto) di farle sparire per sempre, ma almeno che vengano installate a metà dicembre, non i primi di novembre. Così mi risparmieresti un mese e mezzo di sofferenza e io so che tu sei molto sensibile al disagio dei disagiati come me.' Ecco cosa gli avrei scritto.*" Silenzio di tomba. Lorena piega la testa, incurva la schiena e fa finta di flagellarsi. "*Ecco come ce l'ha restituita l'anno nuovo. Peggio di prima. E io che avevo fatto pure una novena per te! In ginocchio! Ingrata.*" Giusy è accasciata sul tavolino e non smette di ridere ma per fortuna ride anche Diletta, che un po' lo è e un po' ci fa.

Lorena si allontana e poi torna al tavolo con un caffè doppio e una bottiglia di Sambuca e li mette davanti a Diletta. "*Non ce ne andiamo finchè non hai bevuto tutto. Devi fare penitenza! Ma invece di pensare alle luminarie, perché non ti sei trovata un ometto con cui divertirti un po'?"* Continua focosa Lorena. "*Certo Natale è diverso se sei innamorato,*" commenta Giusy languida, asciugandosi le lacrime. "*I regalini scelti con amore, le letterine che suonano Jingle Bells, il bacio sotto il vischio…*" "*Ti ci metti pure tu ora? Devo chiamare un esorcista?*" Urla, esasperata, Lorena. "*Ma Natale non è mica per forza romantico! Anzi! Ve ne devo raccontare un paio? Sarà meglio, perché oggi butta male.*"

- Un tipo chiede ad una ragazza: "Se ti scrivo 'Buon Natale' su una gamba e 'Buon Anno' sull'altra, ti posso venire a trovare in mezzo alle feste?"

- Due amiche. "Cosa hai chiesto quest'anno a Babbo Natale?" "50 Euro come a tutti gli altri!"

SAN VALENTINO E ALTRE TORTURE

Intanto passa anche il freddo gennaio e, per fortuna, passano anche le paturnie di Diletta. Oh no! "Houston, abbiamo un problema." Pericolo in avvicinamento!

Mezzo Harem è al baretto e ha occupato due tavoli, dopo averli uniti. C'è Lorena, c'è Giusy, c'è Diletta, c'è Lena, c'è Pinu e ci sono pure Alessandra e Lillina. I caffè fumano sul tavolo. Il discorso cade sul giorno di S. Valentino, ormai alle porte. Siamo tutte d'accordo sul fatto che sia una festa commerciale, ma in fondo un po' ce la raccontiamo, perché nel profondo di noi sappiamo bene quanta emozione dia la ricerca di un pensiero speciale per la persona amata e insieme la trepidazione per quello che potremmo ricevere. La verità è che, quando si è felici, i giorni comandati non contano e contano al tempo stesso, perché quando si è felici ogni occasione è buona per festeggiare. Lorena, Alessandra e Lena, felicemente accoppiate, fanno finta di non dare importanza, per tirare su di morale le altre che, sotto sotto, bonariamente, le invidiano. "*Lo sapete no? Se sono sola, patisco le feste in un modo incredibile, il che certo non fa onore alla mia razionalità. Patisco persino il 24 giugno,* (S. Giovanni, festa del patrono di Torino, n.d.r)*, figuratevi!*" Esordisce Diletta, che a volte assomiglia davvero all'asinello viola amico di Winnie the Pooh. Salta su Lorena, ma per davvero, non metaforicamente. Si mette proprio in piedi, con le braccia minacciosamente sui fianchi, i pugni stretti, rivolta a Diletta. "*Non ci farai mica lo scherzo di Natale, vero? Giura che non scrivi al Papa per San Valentino! Ti prego, fammelo come regalo di compleanno.*" "*Ma se è ad ottobre!*" Ridacchia Diletta. "*Me lo fai anticipato. Ti prego.*" Interviene Lena, che non riesce a star ferma sulla sedia: "*Ma lascia che gli scriva! Magari però gli scrive solo 'Tanti cari auguri', così la prende per matta e la prossima sua lettera che gli arriva la cestina senza neanche aprirla!*" Ma Diletta è un capricorno ostinato e tenace. "*Potrei anche farlo. In fondo San Valentino è la festa* *di chi si vuole bene, e io a Papa Francesco voglio bene. Pensate che una volta, avrò avuto 16 anni, il regalo di San Valentino me lo ha fatto mia madre. Lo ricordo come se fosse ora: una camicetta rosa pallido bellissima. E un'altra volta, invece, il regalo ce lo siamo fatte con una mia amica. Pensate che ci dovevamo vedere per andare al cinema con un amico e un amico dell'amico, che non conoscevamo. Noi c'eravamo appena scambiate i nostri regalini deliziosi, quando se ne arriva il nostro amico, con il suo compare, con due rose di tessuto. Ci siamo guardate e volevamo andare nell'altra sala del cinema. Alla fine, meglio una mamma e una vera amica che un uomo di stoffa!*" "*Hai ragione,*" interviene Lillina "*non abbiamo bisogno di un uomo per sentirci amate.*" "*Però è lo stesso una tristezza essere soli,*" riattacca Diletta-asinello amico di Winnie Pooh. "*Neanche un bigliettino scritto a mano... mi accontenterei!*" "*Sì, anch'io,*" la spalleggia Giusy. "*Mi basterebbe una rosa, anche quella dei filippini.*" "*Dei filippini, passi, ma la storia della rosa di velluto non si può sentire,*" sentenzia Lena, donna decisamente autonoma e ben centrata. "*Va bene se ve le regalo io quest'anno?*" continua Lena, che parla seriamente ma è sempre pronta alla risata. "*Ma va là, smettetela di fare i brutti anatroccoli,*" interviene Lorena, che sa già come concludere in leggerezza. "*Sentite questa. Una volta un mio ex mi ha regalato per S. Valentino un paio di mutandine rosse in fibra di mais. Quando gli ho chiesto spiegazioni, mi ha risposto: 'Perché così una donna calda come te può fare tanti pop-corn gratis!'*"

Quindi, donne di ogni età, se vi afferra la malinconia, ricordate: meglio sole che male accompagnate!

MA QUAL È IL VERO UOMO?

Al baretto oggi si parla di uomini.

Li critichiamo tanto, ma alla fine sono spesso al centro dei nostri pensieri e delle nostre vite. Lorena, Lena e Alessandra il vero uomo l'hanno trovato, beate loro. Giusy e Diletta, invece, sono ancora alla ricerca. E la ricerca è difficile, perché con l'età siamo diventate più esigenti ma, soprattutto, più diffidenti. Alla nostra età, sole come sono sole tante altre donne, vorremmo una persona con cui invecchiare, una persona con cui andare incontro al futuro con animo più leggero, nonostante i problemi, le crisi, i lutti e i dolori inevitabili. Noi donne siamo generalmente molto forti, sappiamo cavarcela anche da sole, ma non è il fatto di cavarsela, è una questione di condivisione, di intimità profonda.

"*Per me un tè verde,*" si rivolge, sorridendo, Diletta al ragazzo del bar. "*Per me invece un caffè marrone,*" la sberleffa Lorena, oggi in piena forma. "*Mia nonna è rimasta vedova giovane e non ha mai più voluto un uomo vicino. Se la cavava bene da sola, in tutto. In casa faceva l'elettricista, il falegname, l'idraulico, il fabbro e il calzolaio.*" Racconta Diletta, quasi per auto-convincersi. "*Infatti molte donne si prendono un uomo solo per cambiare la lampadina o montare un armadio dell'Ikea,*" salta su Lena con faccia schifata. Si inserisce anche Giusy: "*Non è di questo tipo di uomo che stiamo parlando, ma di un uomo che sia innanzitutto il tuo compagno, la persona a cui far riferimento in ogni situazione, perché sai che non ti deluderà.*" "*Ma tacete,*" interviene Lorena, facendo tintinnare il cucchiaino sul bordo della tazzina. "*Neanche sapete di cosa state parlando. Voi proprio non ve lo sognate com'è fatto il vero uomo.*" "*Diccelo tu che lo sai,*" la incalza Lena.

- Il vero uomo è quello che, al mattino, sveglia la propria donna con: un caffè in una mano, una poesia nell'altra, una rosa in bocca e… dieci ciambelle sul pisello!

"*La sapevo,*" si inserisce Giusy, ridendo a singhiozzo "*Ci ho provato ma alla fine mi è venuto il diabete!*" "*Ma no,*" salta su Lena "*per me l'emblema del vero uomo è Geppetto, che con una sega ha fatto un figlio!*" Riprende Giusy: "*Fin da ragazzina volevo sposare un astronauta. Non so, aveva un che di fascino, di ignoto, di sfida...*" "*E avresti fatto bene,*" la interrompe Lorena. "*Sai quali sono gli uccelli che volano più in alto di tutti? Quelli degli astronauti!*"

Va bene. Anche oggi ci siamo confrontate e torniamo ognuna alle proprie case con in saccoccia un bel gruzzolo di risate. Ma vogliamo abbozzare una conclusione sul tema? Forse il vero uomo è semplicemente... l'Uomo Vero!

E L'UOMO PERFETTO?

No, ieri non ci è bastata. La questione-uomini non è stata ancora approfondita abbastanza. Non siamo soddisfatte. Pratica non ancora archiviata. Del resto, mica una pratica da poco! Così oggi abbiamo fretta di riprendere da dove eravamo rimaste, tanto che il dibattito si svolge al centro del cortile, con Giusy che, ogni tanto, lancia uno sguardo alla guardiola semi-aperta. Abbiamo fatto un capanello e la gente che passa ci guarda interrogativa. Più parliamo e più stringiamo il cerchio. Sembriamo davvero dei cospiratori. Appena entra dal portone o esce dal portoncino un membro dell'Harem, lo fagocitiamo, anche se ha fretta. Teste e voci basse. Oggi si riassume la puntata di ieri e si cospira su come debba essere l'uomo perfetto. Pinu, unico uomo, non è per nulla intimidito, anzi, è il moderatore del dibattito che, come al solito, vede sempre Lorena e Lena alleate e Giusy e Diletta barricate sul fronte opposto. Lillina resiste cinque minuti e poi si dilegua, con la scusa di un'emergenza fisiologica. Alessandra deve far fare pipì alla cagnolina. Lena-Lorena, che sono talmente simili che sembra ci siano solo due lettere del nome a separarle. "*A me purtroppo piacciono gli artisti, i sognatori, i romantici,*" cinguetta Diletta, con voce da usignolo. "*In pratica gli sbandati, i fuori di testa, quelli con le pezze al c…o*" Sferra il colpo Lena, donna con i piedi molto per terra e voce da baritono. "*Devo dire che per me l'aspetto fisico non è importante,*" si infiltra Lorena "*sono altre le qualità che mi colpiscono.*" "*Bella lei,*" la rimbecca Diletta "*intanto ti sei scelta un bell'uomo. Vedrai che se fosse stato un metro e venti con la gobba e il riporto, te ne stavi ben zitta.*" "*Ma no, sono d'accordo con Lorena,*" interviene Giusy. "*Certo non deve essere un mostro, ma alla fine che abbia i capelli o sia calvo, magro o robusto, con barba e baffi o senza, con gli occhiali…*" "*Attenzione! Pericolo! Con gli occhiali, Giusy, assolutamente no,*" alza la voce Lorena, mentre Pinu cerca di contenerla. Ma neanche il Sultano può nulla contro la sua dissacrante, pungente, stroncante ilarità. Infatti…

- Una coppia di fidanzati è distesa su un prato. Lei: “Togliti gli occhiali che mi fai male e mi rovini le mutandine”. Lui se li toglie ma, dopo un po’, lei: “Rimettiti gli occhiali che stai leccando l’erba!”

I cospiratori ridono tutti e il cerchio si apre, come se avesse bisogno di respirare, dopo aver trattenuto a lungo la risata, tipo starnuto. E le risate dell’Harem invadono il cortile, si appiccicano ai muri, salgono fino ai balconi più alti, in un ciclone di energia positiva.

Concludendo: non sappiamo quale sia, ammesso che esista, l’uomo perfetto, ma conosciamo la perfezione di questo legame di complicità e amicizia, la perfezione di questa risata che spazza via le parole e lascia solo suoni che dicono tutto e anche di più.

GENERAZIONE DI FENOMENI

La lingua continua a battere dove il dente duole. Niente da fare. Sono giorni che non riusciamo a schiodarci dall'argomento uomini. Sembriamo delle possedute. E la salute? E i soldi? E i viaggi? E il gatto a cui dare da mangiare? E Berlusconi? Ragazze, sveglia! C'è un mondo là fuori, e noi stiamo qui a parlare sempre e solo di uomini. Ci sono cose serie a cui pensare!

Diletta deglutisce d'un fiato il suo caffè macchiato e l'acqua fuori frigo a parte. Sembra doversi carburare per un'impennata di quelle toste. Oggi però, a differenza del solito, non è in vena di lamentatio ma di invettive. Fa quasi paura, con gli occhi fuori dalle orbite e i capelli da Erinne furiosa. Giusy, Lena e Lorena si preparano al suo sfogo, mentre fanno cenno ai ragazzi del bar di portare altra acqua, anche di frigo, fa lo stesso. "*Non ci posso credere, li trovo tutti io i fenomeni! Ieri sera sono andata ad una festa in maschera. Si ballavano danze folk. Io avevo solo una mascherina rossa molto sexy. Tutta vestita di nero, sembravo un po' 'Cat Woman'. Insomma, facevo la mia porca figura. Beh, chi riesco a rimorchiare in tutta la serata? Harry Potter. No, mi correggo, Harry Potter in permesso di uscita da una comunità di recupero. Non mi ha mollata per tutta la sera. Ho dovuto simulare la pipì almeno dieci volte. Non mi ero subito resa conto di quanto fenomeno fosse, così ho accettato il primo ballo. Era alto come me e la tesa del cappello da maghetto dei miei stivali mi batteva continuamente sulla fronte. E le danze folk sono lunghe! Non finiscono mai!!! C'era anche una mia amica, così lui, apposta, stava piazzato vicino a lei, perché sapeva che lì dovevo tornare, prima o poi. Così mi tocca anche il secondo ballo. Era una polca. Mi si è azzerata la salivazione. Ho chiuso gli occhi e tra me ripetevo: 'Non sono qui, sono a Vienna, al ballo di Capodanno e sto ballando con un principe asburgico'. Ho riaperto un attimo gli occhi e mi sono resa conto che, attorno a noi, tutte le coppie volteggiavano e piroettavano vorticosamente, mentre noi, questa era la cruda realtà, stavamo ballando... un lento! Un lentissimo, eterno, agonizzante lento! Poi sono scomparsa al bar per ubriacarmi e dimenticare tutto, fare un reset e fingere che Harry Potter non fosse mai esistito. Quindi sono tornata a far compagnia alla mia amica, sempre seduta perché reduce da un'operazione al piede. Beata lei che così si è difesa tutta la sera dal fenomeno. Averlo saputo, mi mettevo una benda al ginocchio. Il tempo di chiacchierare un po' con lei e il mago disagiato torna alla carica. Questa volta è una mazurca in dodici tempi. Mica roba da ridere. Harry mi stringe con decisione e mi dice: 'Tranquilla, segui me.' Tranquilla? Come posso essere tranquilla? Segui te? Ma neanche fino al bar ti seguirei. Forza, ci proviamo. Ovviamente si incasina subito con i passi. Io, rassegnata, rinuncio quasi a muovermi, sto lì come sul patibolo, in attesa che la musica cessi e con essa la mia agonia. Ma il fenomeno non ci rinuncia affatto e mi sussurra: 'Puoi contare ad alta voce per favore?' In un lampo, perdo tutta la buona educazione coltivata in 42 anni e gli sussurro, a mia volta: 'Senti Potter, io conto, poi però tu mi fai una bella magia: sparisci!'"*

Tutte si tengono la pancia. Lorena non toglie la mano dalla bocca, Lena fa rimbombare la risata in tutto il bar, dove ormai siamo al centro dell'attenzione. Giusy non si riprende e si versa dell'acqua. "*Sei tu il vero fenomeno, Diletta,*" balbetta Lorena a cui, dal ridere, è venuto il singhiozzo. "*Ma stai tranquilla, come ti diceva il maghetto, c'è chi è messo peggio di te...*"

- Due amiche si incontrano. "Sai," dice la prima "ho un nuovo fidanzato! Ha il fascino di Frank Sinatra e l'intelligenza di Einstein!" "Wow," risponde l'altra "e come si chiama questo fenomeno?" "Frankestein!"

- Un uomo torna a casa alle 7 del mattino e trova la moglie sveglia ad aspettarlo. Lei: "Allora, Superman, perché torni a quest'ora?" Il marito: "Sai, tesoro, ieri sera c'era un incontro d'affari che è finito alle 23. Dopo siamo andati a cena." Lei: "Ed è durata fino alle 7 del mattino questa cena, Superman?" "No, cara", continua lui "poi siamo andati in un locale." Lei: "Sì, Superman, però i locali chiudono alle 3, adesso sono le 7!" Lui: "Ma cara, devi sapere che dopo abbiamo fatto un giro per far vedere ai colleghi stranieri la città di notte. Ma scusa, mi spieghi perché continui a chiamarmi Superman?" Lei: "Perché solo tu e Superman indossate le mutande sopra i pantaloni!"

A CIASCUNO IL SUO

Solita ora, la prima a scendere è sempre Lorena, che aspetta Diletta e poi, insieme, aspettano Giusy, cha aspetta Lena. E a furia di aspettarsi, le teste di cactus prendono possesso del solito tavolino riservato al momento della giornata più atteso da tutte. Anche oggi Diletta è in ritardo. Riuscirebbe ad arrivare in ritardo persino se l'appuntamento fosse a casa sua. Siccome sostiene che la sua vita è fatta di quarti d'ora accademici (tipo una decina al giorno), Lorena ha mangiato la foglia e le dà appuntamento sempre un quarto d'ora prima. Così oggi il gruppo è già riunito, quando Diletta entra nel bar, dal retro, come al solito, tutta trafelata e affannata, come se arrivasse dall'aeroporto, anziché da tre piani sopra. Si scusa dicendo che doveva organizzare un viaggio a Milano per il giorno dopo. Milano, appunto, non Cape Town! Ma lei è l'anima drammatica del gruppo e ormai le altre ci sono abituate. "*Ragazze, scusate, voi non avete idea, sono impazzita per cercare di fare il biglietto su Internet! Una follia! Carta Freccia, carta fedeltà Trenitalia, carta che ne so, dieci password, venti username, copia il numero della carta prepagata, poi non c'era abbastanza credito, allora cambia carta, e alla fine? Operazione fallita. Riprovare più tardi. Mavaff…Così adesso mi tocca pure andare in agenzia, prima che chiuda. Sapete una cosa? Io adesso mi cerco un bravo esorcista e ogni volta che devo mettermi davanti al computer lo chiamo. Tipo un personal coach informatico.*" Lorena ride e scuote la testa. Giusy ripete il mantra che ha creato espressamente per Diletta: "*Con calma, una cosa alla volta.*" Mantra che Diletta ha trasformato in 'una tragedia alla volta'. Lena, spiccia e pratica come sempre, afferra Diletta per un braccio e la costringe a sedersi, mentre le ordina una tisana a tutti i fiori di Bach esistenti. "*Eddai, tutto 'sto casino per andare a Milano? Io la settimana prossima vado negli Emirati Arabi, cosa dovrei dire? Mi ammazzo subito o prendo prima il caffè?*" Diletta abbozza un sorriso e pian piano riacquista un colorito accettabile. Giusy le arruffa i capelli affettuosamente, poi dice: "*Beate voi, ragazze, io non vado mai da nessuna parte. Viaggiando, spesso si fanno incontri interessanti.*" "*Certo!*" Salta su Lorena "*Hanno entrambe la possibilità di incontrare l'uomo perfetto e neanche lo sanno. Allora sentite questa.*"

- Nella hall di un albergo c'è una ragazza. Entra un uomo e, per sbaglio, le dà una gomitata sulle tette. Poi le dice: "Mi scusi, ma se il suo cuore è tenero come le sue tette, di certo mi perdonerà." E la ragazza: "Se il suo pisello è duro come il suo gomito, la mia stanza è la numero 300."

"*A proposito di viaggi,*" interviene seria Diletta, "*sapete che sono stata due volte in Africa?*" "*Brava,*" non la fa neanche finire Lena. "*Quello sì che è un paese, come dire, dalle dimensioni interessanti!*" Diletta già prevedeva le allusioni di Lena o Lorena, ma continua imperturbabile. "*Mi spiace deludervi, mie care, ma ci sono stata come volontaria, in missione.*" "*Tutte e due le volte?*" Riattacca Lena. "*Eh che noia! Almeno hai fatto... come dire... del pene, ops, bene, a qualcuno?*" Diletta scuote la testa. Battaglia inutile e, purtroppo, non è ancora finita.

Lorena, che era stata buona buona ad ascoltare la sua vice-iena Lena, fa anche rima, ora rivendica il suo turno. "*Diletta, tu che conosci bene l'Africa, quando nasce un bambino nero, di che colore ha i piedi?*" "*Neri,*" risponde Diletta. "*E la pelle?*" "*Nera,*" afferma Diletta. "*E le mani?*" continua Lorena. "*Nere,*" le dà corda Diletta. "*E i denti?*" "*Bianchi,*" risponde ancora Diletta seriamente. "*Ma falla finita,*" la sgomita Lorena "*hai mai visto un neonato con i denti? Torna in Africa, va, che ti sei persa qualche pezzo...*" "*In tutti i sensi!*" Conclude, indomita, Lena. E a Diletta non resta che Fiorella Mannoia, così inizia a canticchiare, con superiorità: "Siete così..."

Passiamo ore a parlare di uomini, come se fosse il titolo in prima pagina di tutti i quotidiani nazionali ed esteri. Ma di quali uomini parliamo? Perché, sappiate, ne esistono pure di questo tipo...

- Un ragazzo si fa tatuare sul pisello una S e una O: SO. Gli amici, incuriositi, gli chiedono cosa voglia dire e lui: "Moscio: SO, ma poi… San Benedetto Del TrontO!"

- Un tizio va a confessarsi: "Padre, sono stato con Belén, con la Bellucci e con la Marini." "Figliolo, hai peccato!" Risponde il prete. "Perché sono stato a letto con la donna d'altri?" "No, perché dici le bugie!"

Quello stesso pomeriggio, mentre stavamo quasi sbaraccando per tornare ciascuna a casa propria, ci viene incontro un amico e si siede un po' con noi per fare due chiacchiere. Tra un discorso e l'altro, Diletta, la sognatrice idealista, esclama: "*Vorrei incontrare il Principe Azzurro!*" Salta su subito Lorena per smontarla: "*Sai che hanno scoperto che, nella favola di Biancaneve, i nani non sono 7 ma 10! Perché c'è l'ottavo a cui piace andare in montagna: Asolo, il nono a cui piace il mare: Jesolo.*" Poi, indicando l'amico comune, continua: "*E infine il decimo, quello a cui piace la gnocca: ECCOLO!*"

UOMINI TERRIBILI...

Va bene, ci siamo rassegnate. È dichiarato, è ormai ufficiale. Le quattro amiche al bar sono ossessivo - compulsive. Devono ancora elaborare l'argomento uomini. La pratica resta aperta. Il resto dell'Harem, intanto, si sta mobilitando per trovare il nominativo di uno bravo, possibilmente uno che venga personalmente nel luogo del delitto, anzi, del delirio.

Giusy, Diletta, Lorena e Lena sono chiuse nella guardiola, aspettando l'ora x e scaldandosi con l'effetto stalla. Fanno finta di parlare del più e del meno, ma già la fregola di raggiungere la sede massonica è palpabile in tutta la piccola guardiola. Diletta, per portarsi avanti, ha già tirato fuori dalla borsa biro e quaderno. Sottotesto: non illudetevi di svignarvela, qui c'è del lavoro che ci aspetta.

Poco dopo, Giusy chiude a chiave la sua postazione e in un balzo sono dentro. Ecco, ormai sta diventando uno spartiacque di giornata: il fuori (la normalità, la vita...) e il dentro (dentro al baretto, la cospirazione, l'auto - mutuo - aiuto, gli sfoghi e i contenimenti, il fervore e la calma ristoratrice post-risate).

Due caffè normali, per Lorena e Lena, stanno per arrivare insieme a qualcosa di decisamente anormale per Diletta e al niente ascetico per cui ha optato oggi Giusy.

"*Ragazze,*" rompe il ghiaccio Lena "*vi rendete conto che sono giorni che parliamo e scriviamo di uomini, per poi prendere atto di una verità spaventosa. Volete saperla? Gli uomini, in generale, sono creature terribili. Altro che Adamo che dona una sua costola ad Eva...*" "*Non esagerare, Lena,*" interviene Lorena, per ora ancora seria (sono i primi dieci minuti). "*Soprattutto, non generalizzare. Esiste un po' di tutto in questa vita. Solo che le notizie brutte fanno più rumore...*" "*Vuoi dire che gli uomini brutti fanno rumore?*" Le domanda, con sorrisetto furbo, Diletta, preparandosi ad essere mangiata viva. "*No,*" la salva in corner Giusy. "*Lorena sta dicendo, giustamente, che noi ci siamo concentrate su un rovescio della medaglia, rispetto al tema uomini. Ma non bisogna dimenticare l'altro rovescio. In fondo, già tra noi abbiamo due esempi dissonanti: il marito di Lena e il marito di Lorena, due uomini d'oro.*" "*Allora sai che c'è, Giusy?*" Le risponde Diletta "*che dobbiamo cambiare nome. Qualcosa che inizi con la L e contenga ENA. Tipo… Loredana e Filomena!*" "*Ma se Filomena inizia con la F! Allora Filomena sei tu,*" sentenzia Giusy. "*Dai, Diletta,*" si inserisce Lorena "*inizia pure la tua tirata, tanto lo sappiamo che le hai sulla punta della lingua le storie strappacuore di uomini terribili*". "*La vicenda della mia ultima e dolorosa relazione sentimentale la conoscete tutte anche fin troppo bene.*" risponde Diletta, indecisa su che espressione del viso assumere. "*Mi avete vista piangere, mi avete vista furente, mi avete vista con gli occhi vuoti a fissare il nulla. Mi avete persino vista lasciarmi andare, come se 'vivere' fosse diventato per me solo un verbo del dizionario, un termine di cui avevo scordato il significato, come se non mi riguardasse più. Mi sono confidata con voi tante, troppe volte. Ho avuto bisogno di vomitare insulti, di urlare minacce, di gridare il senso di colpa e di ingiustizia. A volte ho solo avuto bisogno che mi abbracciaste forte, lasciandovi tracce di moccolo, lacrime e disperazione sulle maglie. E' una storia lunga, una favola senza lieto fine e credo non sia questo il libro giusto per sviscerarla, esorcizzarla o sublimarla romanzandola. Quello che sento di dire e' che sono, siamo, io e lui, stati molto sfortunati. L'ho conosciuto come amico, si e' rivelato un grande, generoso, sensibile amico. Un uomo appena provato da un terribile lutto e tuttavia sempre disponibile ad ascoltare e curare i miei mille piccoli lutti, ben diversi ovviamente. Gli ho voluto bene da subito, dal nostro primo pranzo insieme. Siamo diventati amici. Per questo ho sentito immediatamente, dalle viscere, che doveva essere un uomo buono, nonostante indossasse sempre la maschera dell'attore. Mi sono fidata del mio istinto, che raramente sbaglia, e... L'ho voluto! L'ho voluto con la determinazione e l'assolutezza tipica del mio essere capricorno. Mi sono convinta che ce l'avrei fatta, non solo a conquistarlo ma soprattutto a stargli vicino, a diventare la sua compagna per la vita, non certo per una storia di transizione. Ma tutto ha sempre giocato contro di noi. Lui nel periodo peggiore della sua vita, io, seppur piena di slancio e di un amore che mi trasudava dalla pelle, comunque fragile, vulnerabile ma soprattutto completamente inesperta di relazioni sentimentali adulte. Due zoppi senza bastone che, spesso, per orgoglio credo, non si appoggiavano l'uno all'altra delicatamente ma frequentemente franavano uno addosso all'altra con una forza distruttiva e rabbiosa che ancor oggi non mi so spiegare. Pensavo di potercela fare. Mi sono sopravvalutata. In fondo il bene c'era ed era anche tanto, ma soffocato e silenziato da cumuli da macerie. Non mi sono mai rassegnata all'evidenza. Le mie fragilità e tutto ciò che di non risolto scalpitava in me e produceva disastri non mi permettevano di stare al fianco di un uomo così tanto e ingiustamente provato, un essere umano giustamente pieno di rabbia verso una vita diventata in breve tempo matrigna. Non sono stata all'altezza, ho voluto giocare una partita che chiunque avrebbe dato persa in partenza e mi sono fatta male, tanto male. Ci siamo fatti male, tanto male. Da zoppi che eravamo, ci siamo ritrovati paralitici della vita e dell'amore. Cocciuta come sono, e tanto orgogliosa pure, continuo a non accettare questo finale di partita. Aspetto e immagino sempre un'altra occasione, la possibilità di riscrivere la favola, la nostra favola, dall'inizio alla fine. Ma qualcuno bravo mi ha detto che non esiste, nel mondo degli adulti che io frequento solo saltuariamente, una seconda possibilità. E allora io piango, urlo, impreco, maledico, sbatto la testa contro il muro e... Aggiro l'ostacolo e la realtà dei grandi. Mi rifugio nella mia parte bambina e aspetto... La terza possibilità. Nessuno ha mai parlato di una terza possibilità. Folle, no? Folle e insensato come un miracolo, come un po' l'amore. Ecco. Ecco quel che fu e quel che e'. Amen."*

Silenzio. Non ci sono parole ne' tantomeno barzellette adeguate.

Diletta, con le guance infuocate e le lacrime che disegnano due linee non parallele sul suo viso, sorride alle amiche, raddrizza capo e spalle e sbatte la tazzina del caffè sul suo piattino. "*Fatemi una promessa: non parliamone mai più. Lasciamo che se ne occupi Maestra Vita. D'accordo?*"

"*Evviva!*" Esulta Lorena abbracciandola, ma con il cuore ancora stretto, perché quello che Diletta ha raccontato, lei l'ha visto sul suo corpo, sui suoi occhi, sulla sua frantumazione totale. Ha assistito a tutto il suo immenso, ingiusto dolore.

"*Ma non illudetevi che non abbia altro da raccontare!*" si rianima Diletta, sforzando di tirar fuori dal cilindro occhi asciutti e vivi.

"*Dai racconta!*" La incalza Lena. "*Dunque,*" inizia Diletta "*qualche mese fa mi ricontatta un amico su Facebook con cui anni fa andavo a ballare le danze occitane. Mi propone di ricominciare e mi invita a qualche festa danzante. Un sabato sera, la festa è proprio nel paese fuori Torino dove lui vive. Si sa che queste feste possono andare avanti anche fino alle prime ore del mattino, per cui, preoccupata di dover fare tutta quella strada a quell'ora, stanca dopo ore di ballo e magari un po' bevuta, oso immaginare la possibilità di fermarmi a dormire da lui. Per cui metto in borsa l'essenziale per una notte fuori: pigiama, biancheria intima di ricambio, spazzolino, dentifricio, struccante, crema viso e qualche trucco per il mattino dopo.*" "*Ma brava!*" Salta su Lena "*non ti sarai mica presentata a casa sua con il trolley vero?*" "*Macchè trolley,*" risponde spazientita Diletta. "*Avevo tutto nascosto nella mia borsa capiente e a lui non l'ho certo detto. Tra l'altro, mi ha pure invitata a cena a casa sua, prima di andare a ballare. Come volevasi dimostrare, la festa finisce alle tre del mattino. E l'artista del piffero non accenna a farmi lui il sensato, se non interessato, invito. Mentre lo riaccompagno a casa in macchina, mi gioco l'ultima carta, patetica, e gli dico: 'Mamma mia che stanchezza! Se penso che devo ancora tornare a casa! Ci vorrebbe una magia alla Harry Potter che mi catapultasse direttamente nel mio letto.' Risposta di lui: 'Eh, sì, essere già in pigiama nel lettuccio caldo!' E intanto mi bacia sulla guancia, apre la portiera e... 'Buona notte!'*"

"*Che ridere!*" Irrompe Lorena. "*Ma guarda che ti è andata bene! Pensa se ti chiedeva di restare e tu dovevi tirar fuori il pigiama e tutto il resto dell'ambaradan, confessando che era un piano pre-meditato! Ne sei uscita meglio così, credimi.*" "*Ha ragione Lorena,*" si inserisce Lena, ridendo "*queste cose non si fanno! Sei proprio un'ingenua. Se non ti fossi portata niente,sicuramente ti avrebbe chiesto di restare...*" "*Comunque sia, è un comportamento inaccettabile. Un amico si sarebbe preoccupato di farmi tornare a casa a quell'ora in macchina.*" "*Forse lui non è un tuo amico,*" interviene Giusy. "*Infatti,*" borbotta Diletta "*è solo un uomo. Un uomo terribile.*" "*Dai, animo, mi aspettavo di peggio,*" si infervora Lorena, sapendo che è arrivato il suo turno. "*Tu non hai neanche idea di come siano e di cosa facciano gli uomini veramente terribili. Adesso ve lo dico io.*"

- Una donna molto vanitosa domanda ad un uomo: "Lei che età mi darebbe?" Risposta di lui: "Per i capelli, 20 anni, per lo sguardo, 19, per la pelle, 18 e per tutto il corpo, 17." Lei: "Come mai così adulatore?" "Niente di tutto ciò," risponde l'uomo "Sono sincero. Adesso aspetti che devo fare la somma!"

- Lettera d'amore. "Mia adorata, ti amo più di quanto le parole possano dire. Per te scalerei le vette più alte, attraverserei il deserto, andrei al Polo Nord... Ti amo! P.S. Ci vediamo domenica, se non piove."

- "Caro, tu preferisci una donna bella oppure intelligente?" "Nessuna delle due, cara, ti amo così come sei!"

E DONNE CHE LI BATTONO

Tutte e quattro in postazione.

Caffè e varianti in arrivo. Si avvicina al nostro tavolo uno dei ragazzi del bar. Lorena lo bracca subito: "*Senti, giura che se oggi ci senti ancora dibattere sugli uomini, ci cacci fuori! Giuralo!*" Il ragazzo, con un ghigno beffardo, promette, anche se non ci scommetterebbe un Euro. Ci conosce troppo bene. "*Brava Lorena,*" interviene Giusy "*basta parlare di uomini, non meritano tutte le nostre energie.*" "*Infatti meriterebbero le nostre botte,*" commenta Diletta, ormai rassegnata a porre fine alle sue invettive. "*Parliamo di donne, piuttosto,*" si inserisce Lena. "*Sì,*" concorda subito Lorena. "*Ma mica di donne speciali, intelligenti, sensibili, spiritose, grintose e affascinanti come noi!*" Tutte sorridono, allungando il collo come pavoni. "*Parliamo delle donne terribili, vampire, sfruttatrici, arrampicatrici, spietate, senza scrupoli e iene che ci sono là fuori!*" "*Mamma mia,*" interviene Diletta "*mi fai paura. Sembra uno scenario da film dell'orrore. Stasera mi accompagni fino alla porta di casa, non vorrei mai incontrarne una per le scale.*" "*In fondo,*" continua agguerrita Lorena "*non ha forse spopolato un certo libro dal titolo 'Falli soffrire' e con sottotitolo 'Gli uomini preferiscono le stronze'?*" "*Ma oggi risparmiate il fiato e aprite bene le orecchie, che il dibattito ve lo riassumo io, in poche battute.*"

- Ad un bambino succedono cose strane. Quando inizia a parlare dice: "Nonno." E il nonno muore. Poi dice: "Zia." E muore anche la zia. Per un po' smette di parlare. Quando ricomincia, dice: "Papà." E poco dopo… muore il postino!

- Due amici al bar. "Non capisco perché Maria abbia potuto rifiutare la tua proposta di matrimonio. Non le hai detto che tuo zio è ricchissimo?" "Certo, infatti ora lei è mia zia!"

- Dopo una lunga notte d'amore, lui nota la foto di un altro sul comodino. Comincia a preoccuparsi e chiede: "Questo è tuo marito?" "No," risponde lei. "È il tuo fidanzato?" "No," ripete lei. "È tuo padre o tuo fratello?" Incalza lui. "No, no, ma come sei geloso!" Ribatte lei. "Mi vuoi dire per favore chi è questo? Si può sapere?" Si spazientisce lui. "Quello sono io prima dell'operazione!"

"*Ma 'diamo a Cesare quel che è di Cesare,'*" prende fiato Lorena. "*Ci sono anche tante donne dotate di un mix di ironia e intelligenza difficilmente reperibili nella maggior parte degli uomini. Come questa...*"

- Una donna ha appena partorito. Il medico le dice: "Suo figlio è un ermafrodito." "E cioè?" Chiede la donna. "Cioè possiede tutte le caratteristiche del maschio e della femmina." La donna: "Vorrebbe dire che ha il pene e anche il cervello?"

"*Ragazze,*" si anima Lena "*al mare io non mi faccio il bagno.*" "*Ah no?*" Chiede stupita Diletta, a cui nuotare in mare piace tantissimo. "*Mi faccio il bagnino!*" "*E questo cosa c'entra? Da dove ti è uscita?*" Ribatte Diletta. "*C'entra con il fatto che molte donne, tra cui la sottoscritta, oltre al mix di cui parlava Lorena, sono pure furbe, mica tontolone!*" "*Ci stavo proprio arrivando,*" commenta Lorena.

- Due amici si incontrano. Uno dice all'altro: "Mia moglie va a cavallo perché vuole dimagrire." "Ci sono risultati?" Chiede l'amico. "Sì, il cavallo ha perso 10 kg!"

- Marito e moglie discutono su dove fare le vacanze. Lei vuole andare al mare, lui in montagna. Così, alla fine, decidono per vacanze separate. La moglie, al mare, incontra un bel ragazzo di colore. Trascorrono una notte insieme e, al risveglio, lei gli chiede il suo nome. "Mi chiamo Neve," risponde il bel ragazzo. Lei si contorce dal ridere e poi gli spiega il motivo: "Quando tornerò a casa, dirò a mio marito che sono stata al mare ma ho trovato… 30 cm di Neve!"

Con le risate ancora sospese nell'aria, Diletta si fa ad un tratto tutta seria: "*La cosa che ammiro di più nelle donne è quella capacità di arrangiarsi sempre e comunque, di rialzarsi ad ogni caduta, di combattere finchè hanno fiato, ma soprattutto di trovare soluzioni creative anche per le situazioni più difficili.*"

L'acredine è scomparsa di colpo. Siamo di nuovo tutte solidali, noi qui dentro e loro là fuori. Terribili o meno, le donne siamo noi, quindi, ora e sempre: viva le donne!

AMICIZIA

Fa un freddo polare. Oggi la scrittura del quaderno dovremmo farla in un letto a quattro piazze, con borsa dell'acqua calda e tè bollente. A parte il fatto che nessuna di noi quattro amiche possiede un letto simile, i nostri familiari comincerebbero davvero a preoccuparsi. E si spargerebbe la voce in men che non si dica: "le quattro cospiratrici del condominio di Via Principe Amedeo 12, quelle che con molta probabilità stanno elaborando un manifesto sovversivo dell'ordine costituito, sono cadute vittime del loro stesso delirio. Occorre l'intervento del CSM (centro di salute mentale n.d.r.) di zona." E va bene, niente letto, per carità, la cronaca cittadina è già abbastanza allarmante e pessimista. Per stavolta facciamo le brave. Al baretto siamo diventate delle intoccabili, difese dai ragazzi del bar quasi come le loro macchine da caffè. Ormai siamo parte integrante dell'arredamento. Via di corsa nella tana, allora! Per il momento, ci sono solo Diletta e Lorena, ma le altre arriveranno. Noi intanto, come sempre, iniziamo ad occupare.

"*Sai una cosa Lorena?*" Esordisce Diletta ancor prima delle ordinazioni "*Io non riuscirò mai ad andare via da questo condominio e lasciarvi. Da quando si è costituito l'Harem, sento di avere una seconda famiglia. Mi sento protetta, custodita. Ho la sensazione confortante che qui niente e nessuno possano farmi veramente del male, perché ci siete voi. Siete i miei paladini!*" "*Infatti,*" sorride Lorena. "*Stai scherzando? Farti del male? Arriva Pinu, anche in camicia da notte, con spada e scudo. E noi dietro, con le fionde! Scherzi a parte, anch'io non vorrei mai andarmene di qui. L'amicizia è un dono raro. La complicità e la perfetta intesa, poi, sono un mezzo miracolo. Siamo delle miracolate, Diletta! Dobbiamo scrivere ai giornali, andare in televisione!*" "*Sì,*" continua, infervorata, Diletta "*potremmo andare un giorno tutti in piazza qui davanti con degli striscioni: 'Il viaggio a Medjugorie è troppo lungo? Lourdes troppo costoso? Iniziate dal piccolo, iniziate da noi! L'Harem fa miracoli!*" Ridono di cuore e il freddo non si sente neanche più, anzi, c'è un tepore quasi primaverile.

Si apre la porta, ed ecco, in stile processione, Giusy, seguita da sua sorella Lena. Scrutano le nostre facce per vedere che aria tirerà oggi. Ci vedono paonazze in volto e con gli occhi che brillano. Sospiro di sollievo. Possono prendere posto. Vogliono prendere posto, soprattutto vogliono prendere parte.

"*Finito il tormentone uomini, mi sembra di capire.*" Attacca Lena con decisione. "*Oggi ce ne stiamo un po' tranquille, vero? Si va sul soft.*" "*Ragazze, veramente, io le altre notti ho avuto incubi.*" Interviene Giusy. "*Ma dai?*" Chiede Lorena mezza ridendo e mezza preoccupata. "*Sì, ho sognato donne con le fruste, uomini strangolatori, rose di plastica, cioccolatini scaduti da due anni. Una tortura. Vi prego, cambiamo argomento, oggi.*" "*Infatti,*" la tranquillizza Lorena, "*ci vedete così pacate perché il tema di oggi è l'amicizia. Prima di tutto la nostra, poi quella dell'intero Harem e poi quella universale.*" "*Non le vedi, Giusy?*" Salta su Lena "*non vedi che faccia da Arcangelo Gabriele e Arcangelo Michele che hanno? Tra un po' vedremo comparire le ali. Cosa vi hanno dato da bere i ragazzi? Lo vogliamo anche noi!*" "*Davvero,*" commenta Giusy, con il suo bel sorriso pacifico "*sono mesi che dibattiamo e scriviamo e non abbiamo ancora parlato della cosa più importante: l'amicizia. Gli uomini, terribili o meno, passano, ma i veri amici ti accompagnano per tutta la vita e darebbero la vita per te.*" "*Ue', esageruma nen* (non esageriamo, n.d.r.)," le risponde Lorena, la lombarda cosmopolita, in un piemontese ridicolo. "*Allora, ne ho già pronte un paio sul tema. Sentite qua.*"

- Due amiche si incontrano. Una chiede all'altra se la sua scollatura sia troppo ampia. "No," risponde l'amica "solo che ti si vedono un po' di peli sul petto." E l'altra: "Ma io non ho peli sul petto!" E l'amica: "Allora è troppo ampia!"

- Sempre due amiche sono in vena di confidenze e consigli. "Devo stare attenta a non rimanere incinta!" Dice una. L'amica ribatte, stupita: "Ma tuo marito non è sterile?" "Appunto!"

- Tra amici. Uno: "Sai, sono due anni che non parlo con mia moglie," confida all'amico. "Perché? Avete litigato?" Risponde l'amico. "No, non abbiamo litigato, è che non voglio interromperla!"

- Tre amici disquisiscono sulla posizione migliore del sesso. "Per me il massimo è la n° 69," afferma il primo. Il secondo lo contraddice: "Io vado pazzo per quella con lei sopra." Infine si pronuncia anche il terzo: "la migliore, credete a me, è quella del rodeo!" Incuriositi, i due amici chiedono spiegazioni. "Allora, funziona così. Cominciate da dietro, poi appoggiate il vostro petto sulla schiena di lei e sussurratele all'orecchio: 'Questa posizione fa impazzire la mia segretaria.' Adesso cercate di rimanere sopra di lei per più di otto secondi!"

- Due amici. Uno dice all'altro: "Mi è arrivato il vino novello! Andiamo a casa mia, in cantina, che ce lo ciucciamo." L'altro: "Sì, però dopo il vino lo beviamo!"

Risate e appunti sul quaderno, tra un sorso di caffè e l'altro. "*Sapete, ragazze,*" interviene Diletta "*non saprei dirvi quale sia più forte e possibile tra l'amicizia tra donne o tra uomini. Parlo di vera amicizia. Per quanto mi riguarda, pur avendo amiche che adoro e che mi vogliono un bene dell'anima, io preferisco l'amicizia dei maschi.*" "*Ma non è possibile l'amicizia tra uomo e donna,*" ribatte Giusy "*c'è sempre un interesse di fondo da una delle due parti e alla fine l'amicizia si rovina, o si perde in breve tempo.*" "*Non è vero,*" si anima Diletta. "*Forse io sono un caso strano, ma ho un sacco di amici maschi e sono tutte amicizie disinteressate.*" "*La vera, bella, amicizia, pure più divertente, è quella tra una donna e un gay,*" si inserisce Lorena. "*Perché lì c'è tutto: la complicità femminile e la diversità, così importante, del maschile.*" "*Assolutamente d'accordo,*" le dà man forte Lena. Ma Diletta non ha ancora finito di perorare la sua causa. "*Non fa differenza che sia gay o no, conta la persona. Gli uomini mi vogliono davvero come amica e basta, forse perché si sentono gratificati a loro volta dall'importanza che io do al nostro legame. Il sesso non deve per forza entrare sempre in gioco. Ho avuto manifestazioni di affetto da uomini che non ho mai avuto dalle amiche, presenti escluse, ovviamente.*" "*Ma perché tu sei così angelica, così pura,*" le risponde Giusy "*forse con te gli uomini mettono in atto un istinto di protezione, forse riesci a tirar fuori la loro dolcezza. Li disarmi, ecco. Perché tu sei disarmante, nella tua verità sempre e ad ogni costo.*" Diletta l'abbraccia e poi riprende. "*Vi ricordate il film 'La meglio gioventù'?*" "*Sì,*" fanno coro tutte e tre. "*Vi ricordate la scena in cui la sorella di Lo Cascio parla di suo fratello, Lo Cascio appunto, con la moglie brigatista? Non ricordo le parole esatte ma quella scena e quella descrizione mi sono sempre rimaste impresse, perché ho sempre pensato che stesse parlando anche di me. La sorella dice che per il fratello tutte le persone sono uguali: vecchi, bambini, uomini, donne, malati, sani. Sono persone, punto e basta. E questo da sempre vale anche per me. Le persone forse lo sentono e si avvicinano disarmate. Per questo io ho amicizie così variegate, perché dentro di me c'è posto per tutti: ricchi, poveri, giovani, vecchi, bambini, barboni, prostitute...*" "*Sei proprio come Gesù,*" la canzona un po' Lorena. "*Sei l'angelo asessuato dell'Harem!*" "*Oh, asessuata a chi?*" Fa finta di arrabbiarsi Diletta. "*Scherzo,*" riprende Lorena "*è molto bello quello che hai detto. Ed è così che dovrebbe essere. Purtroppo la maggioranza delle amicizie sono solo conoscenze, agganci.*" "*Vero,*" approva Lena "*ci si usa anche tanto. L'amica magari ti serve per andare in montagna il weekend o per fare un viaggio visto che sei sola. Non dimenticate che nell'amicizia aleggia sempre lo spettro della competizione, soprattutto tra donne e donne e tra uomini e uomini. Solo si compete su cose diverse.*" "*Infatti,*" attacca Lorena "*i maschi competono su dimensioni e lunghezze... ma non solo, sentite questa.*"

- Due uomini stanno discutendo sui loro cavalli. "Il mio cavallo è più bravo," interviene il primo "perché quando dico 'Hop Hop', lui salta." "Allora è più bravo il mio," ribatte fiero l'altro "perché quando gli dico 'Hip Hip,' lui risponde: 'Urrà!'"

“*Brutta bestia la competizione,*” commenta seria Lena, che seria è difficile vederla. “*E purtroppo questa è la pratica più diffusa.*” “*E a noi che ce ne importa?*” Sbotta Diletta “*Noi e il nostro Harem stiamo dando un esempio. Vi ricordate lo slogan di alcuni anni fa: ‘Un altro mondo è possibile’? Ecco, da ora il nostro motto sarà ‘Un’altra amicizia è possibile’*”. “*Bello! Brava!*” Applaudono tutte e tre. “*Però oggi siamo diventate troppo mielose, non è da noi,*” dice Lorena. “*Bisogna correggere subito il tiro.*” “*Sapete qual è il colmo per un dispettoso?*” “*No,*” diccelo tu! Rispondiamo all’unisono. “*Non sapete qual è il colmo per un dispettoso??? E io non ve lo dico!*”

Ecco… Siamo così… Come canta la solita Mannoia.

PER ESSERE BELLE, BISOGNA SOFFRIRE…
(MA ANCHE NO!)

Un pomeriggio, davanti ai soliti quattro caffè, la conversazione si orienta sulla bellezza femminile e sugli stereotipi che ci vengono proposti e a cui noi vogliamo ribellarci.

"*Ma vi rendete conto?*" Inizia la discussione Lena. "*Siamo bombardate da ogni parte. Palestra ogni giorno, se no ti crolla tutto, personal trainer, se vuoi il massimo del risultato nel minor tempo possibile, e poi creme da giorno, da pranzo, da pomeriggio, da aperitivo, da cena e da notte.*" "*Fossero solo le creme!*" Interviene Giusy. "*Vogliono proprio che ti rifai da capo a piedi, come una bambola smontabile. Capisco chi ha difetti così vistosi da diventare un problema, incidendo sull'autostima e sulla sicurezza personale, ma la cosa assurda è che capita il contrario. Spesso le persone con veri difetti ci convivono, li accettano e magari ne fanno un punto di distinzione, un tratto caratteristico, come Barbara Streisand con il suo nasone.*" Prende la parola Diletta: "*la cosa più preoccupante è che questo fenomeno del rifarsi o ritoccarsi non riguarda tanto le persone della nostra età o più vecchie, ma le ragazzine! Sapete che negli USA la moda più diffusa è farsi regalare un paio di tette nuove per i 18 anni? È un'aberrazione. E tra un po' arriverà anche da noi, tanto noi tutto il peggio che possiamo copiare lo copiamo.*" "*Spaventoso,*" concorda Lorena. "*E denota davvero un totale sbando, una mancanza di valori e priorità, un'insicurezza terribile, un bisogno di competere usando qualsiasi mezzo, perché tanto il fine giustifica sempre i mezzi.*" "*Aver cura del proprio corpo non è solo giusto, ma doveroso,*" interviene Diletta. "*Significa rispetto e amore per noi stesse. In fondo non è scritto nella Bibbia che 'il nostro corpo è un tempio'? Però un tempio che ospita molto altro, il resto di noi, la nostra mente, la nostra anima, il nostro cuore. Ci pensiamo mai a farci un bel ritocco al cuore? A non fare invecchiare la nostra anima, ad allenare continuamente la nostra mente? Spesso c'è un grande squilibrio nel modo di trattare la nostra persona, il nostro essere completo.*" "*Certo,*" approva Lorena "*perché ormai quello che conta è quello che si vede, l'esterno, l'esteriorità. Ci convincono che siamo come pacchi regalo e dobbiamo avere un bell'involucro, chi se ne frega del contenuto.*" "*In fondo,*" riprende Giusy "*noi siamo un buon esempio: ci curiamo tutte, cerchiamo di mangiare e riposare bene, di fare un po' di attività fisica, di avere capelli e unghie a posto, ci depiliamo, mettiamo la crema idratante sul corpo e le altre creme sul viso, magari pure il contorno occhi, ci trucchiamo, ci profumiamo, scegliamo vestiti che ci donino... E che volete di più? E lasciateci in pace, se no diventa un inferno, mica una vita.*"

Continuando a sviscerare l'argomento, che appassiona tutte e quattro, scopriamo che ognuna ha il suo punto debole, ognuna di noi, almeno una volta nella vita, ha avuto il pensierino di rifarsi qualcosa, anche se per il momento stiamo tutte resistendo ai condizionamenti che ci vogliono tante Barbie inespressive, perfette e senza età. Diletta confessa di aver fatto, negli ultimi anni, almeno una decina di consulti per farsi le tette più grandi, perché era diventata la sua fissazione, ma poi non si è mai decisa perché si sentiva in colpa a spendere tutti quei soldi futilmente. "*Questa ve la devo raccontare perché sembra una delle barzellette di Lorena, invece è pura realtà... famigliare! Qualche anno fa, sono andata fino a Milano, a chiedere un consulto e ad informarmi sui costi per rifarmi il seno, da un chirurgo brasiliano, amico di un mio caro amico. Mi ero già preparata i 150 Euro della visita, invece lui, gentilissimo, come favore al mio amico, non mi ha fatto pagare nulla. Giustamente, il mio amico mi ha suggerito di mandargli un pensierino da Torino. Così, rientrata a casa, ho mandato mio padre a comprare una bottiglia di Bicerin* (bevanda tipica torinese, n.d.r.) *e poi alla posta, con un biglietto di ringraziamento che avevo preparato. La sera, mio padre entra in cucina e sbotta: 'Tu vai a Milano a far vedere le tette e io pago! Mia mamma ed io ci siamo piegate in quattro dal ridere. La sua arrabbiatura non era legata tanto al costo della bottiglia, quanto all'intero pomeriggio speso a cercare la scatola e poi in coda alla posta, visto che erano proprio i giorni prima di Natale.*" "*Pover'uomo!*" Ride Lorena "*lo faranno santo tuo padre!*" "*Ma non è finita. Mentre sono ancora piegata dal ridere, mi dice, serissimo come solo lui sa essere: 'Da che mondo è mondo funziona sempre al contrario: le donne si fanno pagare per farsi vedere nude. Solo io ho una figlia che si è inventata la variante opposta. Quali sono le tue prossime mete? Così preparo altre bottiglie, però almeno fammi il favore di resistere fino al 7 gennaio. Io tre ore in coda alla posta non ci sto più, neanche se vai a mostrare le tue beltà al Presidente degli Stati Uniti. Sono stato chiaro?' Io e mia mamma sempre più piegate sul divanetto. Hai ragione, Lorena, mio padre è un sant'uomo. Dio gliene renderà merito!*" "*Lascia stare Dio, inizia tu a lasciarlo invecchiare in pace e prenditi 'sto merito!*" La sgrida, ridendo, Lorena. "*Volevo solo concludere,*" riprende Diletta "*che con quello che ho speso di visite, almeno una tetta nuova ci saltava fuori!*" Lorena la interrompe: "*Adesso te ne racconto una che dal ridere ti cadranno le tette!... Ops! Te l'ho già raccontata?*" "*Sei tremenda!*" Ribatte Diletta, sorridendo e preparandosi a ridere di gusto.

- Una signora dal parrucchiere: "Vorrei i capelli alla coda di gatto, perché alla cazzo di cane me li ha già fatti l'altra volta."

SPASSOSA, INSOLITA GENEROSITÀ

"Ragazze," ci richiama Lorena, un pomeriggio, tutte sull'attenti. "*Sentite cosa mi è capitato un'estate! In un villaggio turistico in Sardegna, c'era una ragazza sui vent'anni che si lamentava perché tutte le sere doveva mettersi il collirio. Allora io le ho detto: 'Sai che una mia amica si fa il bidet con il collirio?' 'Perché?' Mi ha chiesto la ragazza. 'Perché sono anni che non vede un cazzo!' Così, dal giorno dopo, la ragazza ha cominciato a metterlo con piacere (negli occhi!)...*"

"*Queste sono le cose importanti da condividere con le amiche!*" Ridacchia Lena. "*Mica quale rossetto o smalto scegliere. Bisogna essere generose nel condividere quanto sappiamo e abbiamo!*"

"*Io conosco anche molti uomini generosi, infatti sono miei cari amici,*" si inserisce nella conversazione Diletta, che non perde occasione per lapidare gli uomini-fidanzati ed incensare gli uomini-amici, come fossero il diavolo e l'acqua santa. "*Hai ragione,*" le si rivolge Lorena "*anch'io conosco uomini che generosi è dir poco. Sentite questa.*"

- Al Convegno sulla donazione dello sperma, il Presidente prende la parola e inizia il discorso di apertura: "Innanzitutto grazie di essere venuti."

Non abbiamo ancora finito di ridere che Lorena ricarica le cartucce, pronta ad una nuova sparata. "*A proposito di intimità maschili, scommetto che non sapete perché la donazione dello sperma è più costosa di quella del sangue?*" "*Diccelo, dai, così poi stai buona,*" risponde Lena a nome di tutte. "*Perché è fatta a mano!*"

TECNOLOGIA E AFFINI

Nel baretto sono già comodamente sistemate Lorena, Lena e Giusy. Dopo poco, arriva il Sultano dell'Harem e tutte e tre si alzano con il rituale inchino e la formula di saluto: "Riverisco!" Gli fanno scegliere dove sedersi e corrono dai ragazzi ad ordinargli il caffè. Quando c'è il Sultano, le ragazze dell'Harem non capiscono più niente, sembra che sia arrivato il Dalai Lama in persona.

Il gruppetto chiacchiera del più e del meno, Pinu racconta del suo salame di Trino (paese in provincia di Torino, n.d.r) e invita tutte prossimamente per una pasta e fagioli a casa sua. Ovviamente dopo che si sarà procurato il salame di Trino.

"*Sentite,*" tuona il Sultano "*il caffè va bene, ma è inverno, bisogna fare scorta di grassi per non sentire il freddo. Domani niente baretto, tutte da me per pane e salame.*" "*Urrà!*" Esulta Lorena, seguita dalle altre. "*Però dobbiamo avvisare i ragazzi prima di andare via, se no telefonano subito a 'Chi l'ha visto'*". Ecco che dalla solita porta sul retro fa capolino anche Diletta. Prima entra la sua chioma stile parrucca di ricci rosso fiammante, poi, con calma, entra anche il resto di lei. Non ha una bella faccia. Anzi, sembra furiosa. Aiuto! "*Che cosa è successo?*" Le chiede subito Giusy, apprensiva. "*Lascia stare,*" risponde tra i denti la furia. "*Non me ne va bene una. Anzi, non me ne funziona una. Di nuovo la stessa sceneggiata che mi è capitata tempo fa e vi ho raccontato. Sempre per un banalissimo biglietto del treno per Milano! Tre ore davanti al computer. E inserisci il codice Freccia Rossa e non va bene, alla fine va bene, fai il pagamento con la carta prepagata e non mi riconosce la password e pure la beffa del messaggio sul sito: Sessione scaduta. Riprova più tardi. Ma io più tardi mi taglio le vene, altro che riprova.*" "*Dai, dai, calmati,*" interviene Lorena, "*sono cose che succedono a tutti. Vedrai che dopo un buon caffè, vai su in casa e riesci a fare tutto. Ti fai troppo prendere dall'ansia.*" "*Altro che ansia,*" riprende Diletta, senza spogliarsi né sedersi. "*Ho lasciato un po' perdere il computer, ho aperto la finestra e ho fatto 10 respiri di diaframma. Ho bevuto dell'acqua e sono andata di nuovo a sedermi davanti al PC. Volete che vi dica cosa è successo?"* "*Se proprio devi,*" irrompe Lena "*ma secondo me è meglio se ti sedi e ne fai 50 di quei respiri di prima.*" "*Tutto nero! Capite? Non si vedeva più niente, sparito tutto. Monitor nero che più nero non si può. Nessuna risposta ai comandi. Alla fine ho staccato la spina. Se non era per mio padre che mi teneva, lo trovavate in cortile il mio computer, monitor, tastiera e cavi compresi. Tutto giù dalla finestra!*" "*Ma dai, che ora chiami Massimo* (Massimo Valsania, amico del condominio e ottimo informatico, n.d.r.) *e ti risolve tutto.*" "*Già fatto. Tra un po' non mi sopporterà più. Massimo è bravissimo e di una disponibilità commovente, ma a me non serve un informatico, io ho bisogno di un esorcista!*" "*Che ne dici di un esorcista informatico?*" Ride Lena. "*Puoi fare prima una ricerca sui preti esorcisti a Torino, in Italia, meglio nel mondo, poi li chiami tutti e ti accerti che abbiano anche competenze informatiche. Trovato il tuo uomo, gli fai un contratto a vita. Assistenza 24 ore su 24, Rosari e Novene comprese. Che ne dici?*" Tutti ridono. Diletta, almeno, sorride e continua, più calma però: "*Secondo me quando ho intorno degli oggetti tecnologici, io emano onde negative, distruttive direi. Quindi accolgo l'idea di Lena ma l'esorcista informatico non è per computer, cellulare e affini, loro non hanno problemi, il problema, il diavolo tecnologico, ce l'ho io dentro!*" Intanto si è seduta e ha bevuto un sorso d'acqua dal bicchiere di Giusy. Pinu sta per sentenziare. Tutte in silenzio e con busto proteso in avanti. "*Ma fregatene, Diletta, un tempo non avevamo niente e stavamo molto meglio. Sono macchine, sono stupide e fatte apposta per rompersi e richiedere poi assistenza. Non ci cascare, sii superiore. Pensa alle cose davvero importanti della vita, che se mancano quelle siamo tutti finiti.*" "*Tipo?*" Chiede Diletta timidamente. "*Tipo il salame di Trino, boia fauss* (espressione tipicamente piemontese, n.d.r.)*!*" Coro di applausi tra le risate. Anche Diletta ride. Ah, se non ci fosse l'Harem, oggi, nel condominio di via Principe Amedeo 12, si sarebbe sfiorata la tragedia. Ma per fortuna ci sono Pinu, Massimo e soprattutto… il salame di Trino!

"*Diletta, consolati,*" le si rivolge Lorena "*anch'io sono come te. So giusto fare l'essenziale. Ma vivo bene lo stesso, sai?*" "*Però ci sono donne super tecnologiche,*" interviene Lena "*e mica solo le ragazzine, anche donne della nostra età. Una signora che conosco ha 80 anni e naviga tutto il giorno su Internet, è su Facebook e su Twitter, manda mail, ritocca le foto... da non credere! Lasciando perdere il caso di Diletta, che è di stampo mistico esistenziale, chi l'ha detto che le donne sono imbranate con la tecnologia?*" "*Verissimo,*" si scalda Lorena "*ne ho proprio qualche esempio per voi. Udite, udite.*"

- Lui: "Me la dai?" Lei: "Dartela no, se vuoi, te la masterizzo."

- È nata prima la masturbazione maschile o femminile? Maschile, perché è manuale, mentre quella femminile è digitale!

SALUTE E SANITÀ

Metà dell'Harem, oggi pomeriggio, si è rifugiato al caldo della guardiola di Giusy. Niente cospirazioni, niente invettive, niente romanticismi. Oggi è tempo di dolore. Dolore fisico. Acciacchi di ogni sorta. Sembriamo un repartino di ospedale. Giusy ha da tempo una forte acidità di stomaco che oggi si fa sentire più del solito; Pinu borbotta per il mal di schiena; Lena è raffreddatissima e continua a starnutire e spargere microbi; Lorena, che sta sempre bene, ha un mal di testa che la fa diventare pazza. Si aspetta Diletta. Lei avrà un intero catalogo. Invece no, ma la questione è forse ancora più seria. Arriva trascinando i piedi, si siede sulla scrivania di Giusy, perché tutti i posti seduti o in piedi sono occupati. "*Benvenuta nel Lazzaretto,*" la saluta Lorena, ridendo. "*Stiamo condividendo i nostri mali, ma mica in senso letterale, qui ce li stiamo proprio passando a vicenda. Ne vuoi anche tu? Hai ampia scelta, oggi. Anzi, prima facci il tuo elenco di malanni, così magari ne aggiungi qualcuno nuovo.*" "*Lasciate stare. Non ho nessun malanno, ma ho una notizia da darvi, tenetevi forte,*" risponde seria Diletta. "*Oddio sei incinta!*" Balza in piedi Lena. Mascelle che cadono. Attimi eterni di sospensione. "*Indovinato,*" ridacchia forzatamente Diletta, che nello scherzo sembra soffrire davvero. "*Dai, animo, ripigliatevi. Anzi, no, non ripigliatevi perché è molto peggio di quanto immaginate.*" Nessuno osa fare domande. Tutti la fissano con occhi sbarrati e bocche semi-aperte. "*Sono incinta di questo cavolo di libro! Non ce la faccio più, è come un parto!*" Rilassamento generale e qualche mavaff... "*Non scherzate,*" riprende Diletta "*siamo alle ultime settimane, io sto andando giù di testa. Lo sto somatizzando.*" "*Ti pareva che, oltre a tutto il resto, doveva pure somatizzare un libro?*" La prende in giro Lorena. "*Ecco spiegata la tua stanchezza, la nausea al mattino, le lacrime facili, la voglia di Ringo alla vaniglia...*" "*Io speravo che fosse vero, che aspettasse davvero un bambino,*" commenta teneramente Giusy. "*E già, il bambino dell'Harem,*" aggiunge Pinu il Sultano. "*Pensiamo a partorire questa roba qui, vi prego, che ad un bam-*

bino vero ci pensiamo dopo." "*Non ti farai mica venire una gravidanza isterica?*" Ride Lena. "*Ve la immaginate, con il pancione di otto mesi e mezzo che ci vomita in guardiola?*" "*Basta, voi scherzate ma per me è una sofferenza seria. Dai, andiamo a lavorare, anzi, andiamo a fare prima un po' di esercizi di respirazione e rilassamento.*"

Tutti, ridendo e dandosi di gomito, scortano la diversamente gestante al baretto. La coccolano un po' per tirare avanti la sceneggiata. Una le toglie il cappotto, l'altra le prende la borsa, Pinu le sposta la sedia. Un gran trambusto. I ragazzi del bar se ne accorgono e accorrono allarmati. "*Sta male?*" Chiede uno di loro, indicando Diletta. "*No, aspetta un libro,*" risponde Lorena. "*Un libro importante? E deve arrivare qua?*" Continua ignaro l'amico barista. "*Non hai capito, è incinta di un libro. Partorirà a breve.*" Spiega, ridendo Lena. "*Voi siete tutte fuori,*" se ne va, scuotendo la testa, il ragazzo.

Ritornata una parvenza di normalità, si riprende il filo del discorso, quello interrotto dall'intermezzo della falsa incinta Diletta: la salute e, di conseguenza, la sanità. Ma prima il carburante: caffè fumanti, subito!

Diletta, sorridendo per l'esito della sua notizia-bomba, si sdraia sulla sedia, massaggiandosi il finto pancione, mentre Lorena le dà scappellotti sulla testa.

"*Sono mesi che affrontiamo tanti argomenti,*" interviene Giusy "*per non parlare dello spazio eccessivo che abbiamo dedicato agli uomini, quando in realtà la cosa più importante in assoluto ce la dimentichiamo sempre. Senza la salute si ha un bel da parlare di San Valentino o delle relazioni di coppia. Guardate, a parte Diletta che oggi delira, siamo tutti malati a questo tavolo.*" "*E meno male che non parliamo di mali seri,*" interviene Lena. "*Dai, siamo solo un po' acciaccati. D'altronde, l'età c'è,*" continua Lorena. "*Parla per te!*" Si infervora Pinu, che in effetti, a parte un po' di mal di schiena, che peraltro abbiamo regolarmente anche tutte noi, ha una salute di ferro e ci batte tutte in quanto ad energia. "*Sapete una cosa?*" Dice Giusy. "*Io ancora più dei mali ho paura dei medici e degli ospedali. Non sai mai cosa ti combinano.*" "*Giusto,*" le fa eco Lorena "*ne ho proprio una che fa al caso nostro.*"

- Un signore finisce sotto un treno. Si salva ma è in mille pezzi. Va quindi da un bravo chirurgo che lo rimette a posto. Qualche tempo dopo, incontra per strada un amico, che gli dice: "Ho saputo della tua disgrazia! Come stai adesso?" "Tutto sommato bene," risponde. "L'unica cosa è che il chirurgo mi ha messo il braccio destro al posto del sinistro e viceversa." "Caspita!" Ribatte l'amico sdegnato "e tu non gli hai detto niente?" E l'altro, toccandosi le orecchie: "Me ne sbatto le palle!"

Non abbiamo ancora iniziato a ridere che si apre la porta, ed è Lillina. "*Come stai?*" La investe Lorena. "*Bene, grazie.*" "*Sei sicura, proprio sicura?*" Continua Lorena. Lillina è confusa. "*Se vuoi ti dico che sto male.*" "*No,*" continua Giusy "*è che qui oggi c'è il raduno degli acciaccati, più una con la gravidanza isterica. Se non hai niente, non puoi restare.*" "*In effetti, ora che ci penso, mi fa male un po' un ginocchio,*" scherza Lillina. "*Evvai!*" Esulta Lorena. "*Ora puoi prendere posto. L'Harem o si ammala insieme o niente!*" "*Di che si parla oggi?*" Si informa divertita Lillina. "*Di salute, medici, ospedali, malattie psicosomatiche strane...*" Le risponde serio Pinu. "*Ah, oggi andiamo sul serioso,*" commenta Lillina. "*Oggi si ride poco.*" "*Aspetta,*" le risponde Lena "*hai mai visto Lorena che non ci fa scompisciare? Sta affilando le armi, guardala bene.*"

"*Comunque,*" riprende Lena "*facciamo bene a lamentarci del servizio sanitario ed è vero che ci sono medici ben più fuori di testa di noi, però è anche vero che ci sono dei pazienti che fanno cadere le braccia. Sono i medici che devono diventare pazienti, per non mettergli le mani addosso.*" "*Brava Lena!*" Si accende Lorena "*me le hai servite su un piatto d'argento. Occhio che ne ho ben tre, una meglio dell'altra.*"

- Un tipo va dal medico e con il dito inizia a toccarsi le varie parti del corpo. "Dottore, mi fa male qui, qui, qui e anche qui." "Si rilassi," risponde il medico "lei ha solo male al dito!"

- Un uomo d'affari si reca in un centro per farsi analizzare il seme. Il medico gli dà una provetta, lo rimanda a casa e gli dice di tornare per l'analisi. L'uomo va a casa, in bagno, per darsi da fare. Prova con la mano destra: niente. Prova con la sinistra: niente. Quindi chiama in aiuto la moglie, la quale prova anche lei con entrambe le mani: niente. Il marito le chiede allora di provare con la bocca: niente. Disperato, chiama la colf. Anche lei prova con entrambe le mani: niente e niente neppure con la bocca. A questo punto, il marito chiede alla moglie di fare con la mano destra, mentre la colf fa con la sinistra. Ancora niente! Entrambe provano poi con la bocca: niente! Alla fine, l'uomo d'affari torna dal medico e gli dice: "Come cazzo si apre questa provetta?!"

- Una signora va in farmacia e ha un bel po' di cose da chiedere. "Vorrei uno spray deodorante per le ascelle, poi ne vorrei uno dopo bagno e anche uno per la caduta dei capelli." Il farmacista le domanda: "E con il buco dell'ozono come la mettiamo?" La signora, sicura di sé: "Quello me lo lavo con il sapone!"

Si ride di gusto, mentre i caffè si raffreddano perché dimenticati nella concitazione generale. "*Pinu, ora tocca a lei,*" interviene Giusy. Il sultano si raddrizza sulla sedia, si schiarisce la voce e attacca:

- Qual è la temperatura ideale per una donna? UNO sopra!

- "Dottoressa, ho un'erezione continua, giorno e notte, 24 ore su 24! Mi può dare qualcosa?" Risposta della dottoressa: "Vitto, alloggio e 1.000 Euro al mese!"

- Un signore va dal medico e gli dice: "Ho la strana sensazione di essere invisibile, che nessuno mi ascolti." E il medico: "Avanti il prossimo!"

- Nello studio dentistico si sente un urlo: "Ahia!!" Il dentista, al paziente: "La pianti di urlare! Non le ho neanche sfiorato il dente." "Infatti, però mi sta pestando un piede!"

- Un uomo va in farmacia e dice al farmacista: "Stasera vedo due belle donne, mi dia per favore un potente afrodisiaco." Il farmacista lo accontenta. Nella notte, però, ritorna in farmacia e dice: "Mi dia una pomata." "Per che cosa?" chiede il farmacista. "Per il braccio: le due ragazze non sono venute!"

"*Basta, qualcuno lo fermi, si è inceppato!*" Strilla Lorena. "*Ragazzi, una tisana calmante, presto! Stiamo perdendo il Sultano!*"

Tutti si tengono la bocca o la pancia. E degli acciacchi di qualche ora prima? Neanche l'ombra. Magico potere curativo dell'amicizia e delle risate!

NON POTEVANO MANCARE…

I DISTURBI INTESTINALI!

Eravamo quattro amiche al bar. Come sempre. Ma con l'incognita dell'apparizione, spesso non programmata, di qualche membro dell'Harem. Si ride ancora, ricordando le barzellette di ieri. Oggi, miracolosamente, siamo tutti in ripresa fisica. Tutti o quasi. "*Per me acqua calda e zucchero,*" ordina Diletta. Occhi stralunati. "*Fa bene al bambino?*" Attacca subito Lorena. "In effetti, il caffè in gravidanza non fa bene." "*No, Mata Hari, è che ho qualche movimento strano nella pancia,*" risponde Diletta, massaggiandosela. "*Ah ma allora stai davvero covando una gravidanza isterica!*" Irrompe Lena. "*Chissà come si muove un libro dentro la pancia…*" Continua Lorena, ridendo. "*Sentirai i quattro angoli. Vuoi vedere che, se vai a fare un'ecografia, il medico riesce a leggere qualche frase del libro? Sarebbe una notiziona. Finiresti sul Tg in prima serata!*" "*Dateci un taglio, posso essermi presa un virus intestinale come i comuni mortali in questa stagione o no? E adesso che mi ci avete fatto pensare, devo correre in bagno. Siete delle streghe!*" "*Bene, bene,*" salta su Lorena "*allora, in assenza della gestante diarroica, ve ne racconto un paio. Meglio se Diletta non le sente, se no si suggestiona ancora di più.*"

- "Dottore, cosa posso fare per la diarrea?" "Ha provato con il limone?" "Sì, ma ogni volta che lo tolgo ricomincia!"

- "Dottore, dottore, posso fare il bagno con la diarrea?" E il dottore: "Se riesce a riempire la vasca…"

Diletta è riemersa dalla sua visita alla toilette ma ha un'espressione dolorante, tipica delle settimane pre-parto e dei virus intestinali. Crediamo ci voglia depistare.

"*Ragazze,*" si anima Lorena, non contenta delle barzellette che ha appena sparato. "*A proposito di salute, malattie e disturbi intestinali, non abbiamo scandagliato l'argomento scoregge. Ma vi rendete conto di quanto siano imbarazzanti? Ditemi che a voi non è mai capitato e che non vi siete sentite sprofondare!*" "*Certo che ci è capitato,*" risponde Lena "*ma mica siamo così sceme da raccontartelo e farlo finire nel libro!*" "*Infatti,*" le dà man forte la sorella, Giusy. "*Non guardate me perché tra ieri e oggi ho già dato!*" Esclama perentoria Diletta, sorseggiando la sua acqua e zucchero. "*Va bene,*" si rassegna Lorena "*censuriamo questo argomento, ma un paio lasciatemele dire...*"

- Un bambino chiede al papà: "Papà, ma le scoregge pesano?" "No," risponde il papà. "Allora mi sa che mi sono cagato addosso!"

- Certe persone sono come i fagioli: parlano...dietro!

AH, LA POLITICA…

Ah, ah…

CIBI CHE... PARLANO

"*Ieri notte non riuscivo a dormire,*" racconta Diletta alle amiche, in attesa che arrivino i caffè. "*La mia testa era piena di pensieri che svolazzavano come avvoltoi.*" "*Capita anche a me, ogni tanto,*" tenta di rincuorarla Giusy. "*Spesso di notte ho incubi e al mattino mi sveglio stanca e senza energia.*" "*Ragazze,*" interviene Lena, scuotendo la testa "*il vostro problema è che pensate troppo, accumulate preoccupazioni e ansie tutto il giorno, per forza poi la notte dormite male! E dateci un taglio, non ne vale mica la pena!*" "*Stasera provo a mettermi davanti alla televisione,*" dice Diletta, senza smettere di mescolare lo zucchero nel caffè, quasi stesse parlando da sola. "*Brava,*" ribatte energica Lorena "*perché dietro non si vede!*" E ci si mette pure Giusy: "*Io ieri sera l'ho guardata per tre ore. Poi l'ho accesa.*" E intanto scoppia a ridere e gli avvoltoi stanno alla larga da quel tavolo. "*Gli incubi a volte dipendono da quello che mangiamo alla sera,*" riprende Giusy. "*Certo che se io a cena mi faccio la bagna cauda, poi sogno il Conte Dracula che mi si avvicina alla gola.*" "*Ma va?*" Le chiede Lena "*io invece sogno l'uomo tigre. Voi cosa sognate, ragazze?*" "I*o mi agito, mi giro e mi rigiro, ma non ricordo mai cosa sogno,*" risponde Lorena. "*A Diletta ho paura a chiederlo, ho ragione, cara?*" "*Io sogno di essere in prigione, in un campo di concentramento o in un ospedale psichiatrico.*" Risponde Diletta, come se avesse detto la cosa più normale del mondo. "*Eccola, la solita drammatica che ci deve sempre battere tutte!*" La prende un po' in giro Lorena, sapendo che purtroppo Diletta non sta scherzando. "*Concludendo,*" si schiarisce la gola Lorena "*non è il nostro inconscio che ci parla, nei sogni, ma il cibo! Abbiamo fatto una scoperta che rivoluzionerà la storia della psicologia! Sentite qua come parlano, giorno o notte che sia...*"

- Una banana ad un vibratore: "Non capisco perché tremi, a te mica ti mangiano!"

- Al ristorante. Arriva il cameriere e chiede al cliente: “Le porto il menù?” “No, no,” risponde il cliente “io annuso le posate e le dico cosa c’è.” Dopo aver annusato, esclama convinto: “Brasato al Barolo!” Il cameriere rimane stupefatto. Quindi annusa ancora e aggiunge: “Spezzatino e piselli.” Il cameriere, turbato, va in cucina e dice alla cuoca: “Maria, Maria, c’è di là un signore che annusa le posate e indovina il menù.” “Non è possibile,” esclama la cuoca, poi prende un cucchiaio e se lo infila lì. “Torna di là e vediamo cosa dice.” Il cameriere va al tavolo del cliente e gli fa annusare il cucchiaio. E il cliente: “Ma la Maria lavora qui?”

- “Caro, come ti sembra questo pasticcio di verdura?” “Come pasticcio non c’è male,” risponde lui.

NOSTRA SIGNORA: LA SFIGA!

Lorena e Diletta hanno appena ordinato i loro caffè e cose simili. Ma il tavolo è occupato quasi per l'intero Harem. Guai a chi si avvicina. Quando sono solo loro due, i discorsi iniziano sempre seriamente. Diletta ha sempre qualche tema spinoso (come il cactus, del resto loro sono delle teste di cactus!) da sviscerare. E Lorena, prima che il gruppo aumenti e si inizi a sdrammatizzare e a ridere, la ascolta con infinita pazienza e sensibilità, rivelando quel secondo lato meraviglioso del suo carattere: la capacità di ridere seriamente o di essere seria sorridendo, comunque la vogliate mettere. Che poi è l'obiettivo del libro. Le altre non hanno questa dote innata, magari Giusy e Lena un po' di più, ma Diletta certamente no. Fa una gran fatica, sta imparando, e questa scrittura a due, quattro, sei, tante mani è come una scuola per lei. Quando partorirà il libro, con i tre padri vicino, avrà dato alla luce una nuova lei, non una neonata ma una donna bambina, aperta allo stupore della vita, rassicurata dal potere dell'amicizia. Così, Diletta e i tre padri e i padrini e le madrine dell'Harem, saranno una nuova famiglia, chissà, magari un esempio di coraggio in un momento storico che tende ad avvilire e scoraggiare le persone.

Il tema che Diletta sbatte sul tavolo, prima ancora del quaderno, è quanta parte nella vita abbia il merito e quanto la fortuna o il destino o ancora Dio, per chi ci crede. E lei ci crede, come Lorena del resto, come tutto l'Harem. Potrà essere sembrato un Harem di matti, di teste leggere, invece, alla base del legame tra i suoi membri c'è una forte spiritualità e una grande fede.

"*Io credo di essere stata e di essere tuttora una persona, come dire, 'diversamente fortunata'.*" Parla piano Diletta, guardando Lorena negli occhi. "*Bella espressione,*" risponde Lorena "*mi piace, dovremmo adottarla tutti.*" "*Sì,*" continua Diletta "*perché davvero ho avuto tante fortune, che io poi chiamo benedizioni: la salute fisica, due genitori meraviglio-*

si, tanti amici cari, nessun problema economico, ma soprattutto ho avuto voi!" "*E anche tanti talenti,*" la interrompe Lorena "*che tu però tendi a dimenticare.*" "*Hai ragione,*" le risponde Diletta, che sta seguendo con lo sguardo un pensiero che muta e cambia forma, come una nuvoletta sopra i caffè. "*Questo, purtroppo, fa parte del mio carattere. Però, al tempo stesso, la vita mi ha provata duramente, soprattutto in questi ultimi anni, talmente duramente e con accanimento che, in certi momenti, lei stessa mi ha tolto la voglia di lei.*" "*Certo,*" continua pacata ma decisa Lorena "*è umano ribellarsi al dolore, alla sofferenza. Noi tutti ricerchiamo la felicità. Siamo fatti per la felicità! Ma quanta colpa dobbiamo dare alla Vita e quanta responsabilità anche a noi stessi? In fondo non sono tanto gli eventi della vita che danno forma, colore e sapore alle nostre esistenze, credo, quanto il modo in cui noi reagiamo ad essi.*" "*Tutto vero,*" continua, abbozzando un mezzo sorriso, Diletta. "*E la sofferenza insegna tanto. Per esempio, se dovessi dire la cosa più significativa che ho fatto in questo ultimo anno, direi: imparare. Accettare, Perdonare, Ringraziare. Ma non è facile.*" "*Chi ha detto che vivere è facile?*" Si anima Lorena. "*Lo è solo per i superficiali, per chi non si interroga, per chi vive meccanicamente. Per gli altri è un'avventura straordinaria ma anche straordinariamente complicata, che richiede grandi dosi di energia, volontà e coraggio.*"

A proposito di fortuna e sfortuna, che fortuna avere un'amica con cui parlare così a cuore aperto, sapendo che non te lo ferirà, anzi, te lo arricchirà. Auguriamo a tutti i lettori almeno questa fortuna.

Ed ecco che il tavolo, poco a poco, si popola, con l'arrivo prima di Giusy, poi del Sultano Pinu, poi di Lillina, Lena e anche Alessandra. Tutti si accorgono che qualcosa di bello e profumato aleggia nell'aria. Tutti automaticamente tirano su gli angoli della bocca perché scappa da sorridere.

"*Ragazze,*" rompe il ghiaccio Alessandra "*siete radiose, illuminate. Avete fatto training autogeno? Vi siete fumate qualcosa? Ditecelo perché avete due facce da angioletti...*" "*Infatti,*" tuona Pinu. "*Di cosa stavate parlando?*" "*Sicuramente di qualcosa di mistico,*" sghignazza Lena. "*Ma va là,"* cambia tono Lorena *"stavamo parlando di sfiga. Ce n'è per tutti, fatevi sotto! Però prima, lasciate che ve ne racconti una."*

- Un signore ha tre testicoli. Tutto orgoglioso, va a vantarsene con un amico. "Sai che, tra me e te, abbiamo cinque testicoli?" E l'amico: "Perché? Ne hai uno solo?"

"Sei sempre la solita, Lorena." Scuote la testa Lillina *"Ma io ti batto, io ho una storia vera, capitata a due miei amici. Sentite qua. La scorsa estate sono andati a vedere la Corrida in Spagna. Finito lo spettacolo, vanno a mangiare in un ristorante dove cucinano i testicoli del toro. Arriva un vassoio enorme, con tre camerieri, ma quando sollevano il coperchio, ci sono due palline piccolissime. I miei amici protestano: 'Ma come? Siamo venuti proprio per questa specialità!' E il cameriere: 'Non sempre il torero vince!'"*

Risate generali. Ormai è chiaro: la sfiga va sdrammatizzata, esorcizzata ad ogni costo.

Lena: *"Avete presente la sfiga che, prima o poi, capita a tutti nella vita? La più classica?"* *"Pestare una cacca,"* risponde serio Pinu. *"Ma dicono che porti bene, quindi non è una sfiga."* *"C'è andato molto vicino, Sultano,"* continua Lena. *"Quella del piccione che ti caga in testa."* Tutti approviamo. Tutti siamo stati, almeno una volta, a Venezia. *"Però poi mi dico: 'Lena non ti arrabbiare. Pensa se volassero le mucche!'"* *"Brava, questo si chiama pensiero positivo,"* commenta Alessandra.

Ma Lorena è pronta per la sua classica zampata finale. Lo si capisce perché si raddrizza sulla sedia e protende il busto verso il centro del tavolo. *"Bravi tutti, pensate pure positivo, che fa bene alla salute, ma state sempre all'erta. Sapete qual è il motto di un mio carissimo amico? 'Se una mattina ti svegli e ti accorgi di avere 4 palle: attento, perché il nemico è dietro di te!'"*

Per concludere: sfiga è... non far parte di un Harem così. Tutto il resto... sono bazzeccole.

ANIMALI

Oggi al tavolo semi-serio, semi-faceto, si parla di animali. Strano, non è un tema scottante come quelli che tanto piacciono a Lorena. Ma la maggioranza vince. Diletta racconta estasiata della sua gattina rossa con gli occhi verdi, che ha chiamato Medusa, ma ormai è per tutti Med o Medusina.

"*Certo che anche tu sei ben strana!*" Tuona Lena. "*Ad un gatto dai il nome di un altro animale? La vuoi rovinare sin da piccola? Dopo ci arrivi con le menate che la devi portare dal comportamentalista! Prendi esempio da Alessandra: lei la sua cagnolina l'ha chiamata Luna, mica Iguana o Balena!*" Alessandra sorride e anche Pinu, che è il dog-sitter ufficiale della deliziosa cagnolina della figlia. "*Luna è un nome bellissimo,*" continua Diletta un po' risentita "*ma se sei onesta, Lena, lo stesso discorso vale per lei. Poteva chiamarla Fuffi o Mimì, invece ha scelto il nome che le piaceva.*" "*Infatti,*" riattacca Lena "*porteremo dal comportamentalista anche lei, il giorno che guairà perché è piena, oppure quando si deprimerà perché non riceverà visita da nessun astronauta!*" "*Basta ragazze,*" irrompe e interrompe Lorena "*vogliamo parlare di animali? Lasciate fare a me, così vi sbollisco i bollori.*"

- Perché il cane si morde la coda? Perché gli sta sul culo!

- Qual è la differenza tra un uomo e un cane? Che dopo qualche anno il cane è ancora eccitato quando ti vede!

Quasi a farlo apposta, non abbiamo ancora finito di ridere che tre ragazze, presumibilmente amiche, si siedono proprio nel tavolo accanto al nostro. Noi, curiose, origliamo. Sono tutte e tre incinte. Una dice: "*Io stavo sotto e lui sopra, quindi avrò un maschio.*" Interviene un'altra: "*Se è così, noi stavamo al contrario, quindi avrò una femmina.*" E la terza, portandosi una mano alla fronte: "*Oh cazzo! Allora io avrò una pecora!*"

"*Vedete?*" Commenta Lorena "*C'è chi sta peggio di noi. Almeno le nostre sono solo barzellette!*"

Tutti ridono, le finte polemiche ormai alle spalle. Oggi abbiamo scelto un bel tema. Gli animali sì che ci fanno ridere, altro che certi uomini-bestie!

"*Ragazze,*" imperversa Lorena "*ma si potrà mai scrivere un libro con barzellette senza dedicarne qualcuna ai nostri amati carabinieri? Anche se andiamo fuori tema, oggi facciamo un'eccezione!*"

- Due carabinieri sotto una pianta si domandano se la pianta sia maschio o femmina e vanno avanti a discutere per ore. Passa un signore, che dice: "È maschio!" E i carabinieri: "Perché?" "Perché ci sono due coglioni sotto," risponde il signore.

"*Quante ce ne sono…*" ride Diletta, cercando di ricordarne qualcuna. "*Alla fine una sola,*" la interrompe Lorena "*perché tutto il resto è verità! Comunque ce n'è anche per la polizia…*"

- Cosa fa la polizia davanti ad un'edicola? Aspetta che esca Diabolik!

AH, LA SCUOLA...

Siamo in cortile, aspettando il via libera di Giusy. Ecco arrivare Lillina in auto, per parcheggiarla nel silos, situato al centro del cortile. Ha con sé i nipotini, simpaticissimi. L'energia di Lillina resta per noi tutti un mistero. Mentre loro saltellano rincorrendosi, Lillina ci dice che cerca di portarli con sé al baretto per una merenda. Diletta e Lorena si guardano negli occhi e si sono già intese. Oggi l'argomento sarà, per forza di cose, la scuola.

Ed eccoci seduti al solito tavolo: Diletta, Lorena, Giusy, Lillina e i bambini. Veramente, loro seduti ben poco.

"*Ragazze,*" si tiene la testa tra le mani Lillina "*non avete idea che fatica sia seguire i bambini con la scuola! Ho un mal di testa che la sbatterei contro il muro.*" "*Non farlo!*" Urla Lorena "*che poi ci fanno pagare i danni. Già qui sono mesi che occupiamo, prima o poi ci cacciano.*" "*Anche per me è stata dura seguire i miei figli a scuola,*" concorda Giusy. "*Davvero non me ne faccio una ragione. Ai miei tempi non era così. Si studiava, si faceva tutto da soli, senza dare disturbo ai genitori, figuriamoci ai nonni.*" "*E poi non c'erano tutte le attività extra scolastiche che devono fare adesso.*" Riprende Lillina. "*Li devi scarrozzare dal tennis, alla danza, al basket, a musica... e non è mai finita!*" "*Io non ho figli, come sapete,*" si inserisce Diletta "*ma ho insegnato e insegno tuttora inglese ai bambini, e devo confessarvi che un po' questi bambini mi fanno tenerezza. Sono sempre sotto pressione. Hanno delle agende più fitte delle nostre. Io, quando facevo le elementari, per esempio, andavo a danza e basta. Il resto del tempo giocavo in casa o in cortile con le amiche.*" "*Non avendo neanch'io figli,*" si aggrega Lorena "*non posso che simpatizzare e, come mio solito... sdrammatizzare. Ne ho una carina sul tema scuola. Rilassatevi, mamme e nonne.*"

- La maestra dà un compito alla classe: descrivere una cosa rotonda e pelosa. Giovanni legge il suo compito: "La pesca." "Bene!" Risponde la maestra. Interviene quindi Mario: "La pallina da tennis." Ottenendo l'approvazione e l'elogio della maestra. Viene il turno di Pierino, che si alza in piedi ed esclama: "Le palle di Natale." La maestra commenta: "Pierino, sono rotonde ma non pelose." E Pierino: "No, no, glielo assicuro, le palle di Natale sono rotonde e pelose!" Poi, rivolgendosi ad un suo compagno, esclama: "Natale, fa' vedere le palle alla maestra!"

La cura d'urto di Lorena ha funzionato, come sempre. A Lillina è passato il mal di testa e il clima generale è di puro, benefico, rilassamento. "*Comunque,*" interviene Diletta "*a proposito di canto, io credo che cantare faccia davvero un gran bene. Non si dice forse 'canta che ti passa'? Per anni, ho variato il motto in 'danza che ti passa' ma quest'anno ho scoperto il canto e mi sto davvero appassionando, perché ha un potere liberatorio incredibile.*" E Lorena: "*Infatti ieri sera non sei stata al tuo corso di canto rock?*" "*Sì,*" risponde Diletta "*e mi sono divertita tantissimo.*" Lorena: " *Do Re Mi Fa Sol La Si Do... Si La Do! Mi Fa Si.*"

"*Qualcuno di voi pensa di poterla cambiare?*" Chiede sarcastica Diletta al gruppo. "*Qualcuno di voi, anche là fuori? Se potete, accorrete, vi prego. E voi lettori? Non potete leggere, ridere e basta, fatevi venire in mente qualcosa per questa nostra cara, irrecuperabile amica!*"

VARIE IN LIBERTÀ...

Oggi le teste di cactus sono come palloni sgonfiati. Accasciate sulla sedia o, come Diletta, senza ritegno, con la testa tra le braccia sul tavolo. I ragazzi del bar arrivano in soccorso, senza neanche aspettare di essere chiamati per le ordinazioni, con una brocca di caffè al ginseng. Ci guardano con aria davvero preoccupata. Poi ci lasciano al nostro destino, che, come quasi sempre, è nelle mani di Lorena.

"*Ragazze, oggi siamo tutte stanche. Propongo una variante al solito incontro-dibattito.*" Le altre non hanno neanche la forza di rispondere. La guardano come se fosse un profeta. Diletta non accenna a rialzare mezzo corpo dal tavolo. "*Oggi faremo una meditazione guidata. Guidata da me, ovviamente. Sapete di quelle dove vi fanno pensare all'acqua, al sole che scalda il corpo...*" "*Ti senti bene?*" Si rialza di scatto dal tavolo Diletta. "*Hai letto tutto Osho stanotte?*" "*Fidatevi,*" continua Lorena. "*Voi dovete solo mettervi in una posizione comoda, rilassarvi, chiudere gli occhi e ascoltare la mia voce flautata. Vietato ridere! Si può ridere solo mentalmente. Al massimo è concesso sorridere. Pronte?*" "*Pronte!*" Le sventurate risposero. E la meditazione inizia, con Lorena che si alza in piedi e passa vicino all'una e all'altra, quasi volesse confidare dei segreti all'orecchio.

- Come si chiamano gli abitanti di Tre Palle? Fenomeni!

- Non si sarebbe dovuto rompere. Che tempo del verbo è? Preservativo imperfetto!

- Che premio vince la persona più brutta del mondo? Il premio NO-BEL!

"*Bene,*" si compiace Lorena. "*Vedo che sta funzionando. E adesso, per concludere la meditazione, vi racconterò due mini-favole.*"

- Il lupo incontra Cappuccetto Rosso e la saluta: "Buongiorno Cappuccetto Verde!" E lei: "Ciao, lupo daltonico!"

- I Sette Nani vanno al bar e si mettono uno sulle spalle dell'altro per arrivare al bancone. Il barista: "Cosa vi servo?" Rispondono i Sette Nani: "Sette te". E il barista: "Cucù!"

"*Ora potete riaprire gli occhi!*" Sussurra Lorena, riprendendo il suo posto a tavola. "*Come è stata?*" "*Devi fare un corso, Lorena,*" commenta subito Lena. "*Vedrai quanti iscritti!*" "*Secondo me è lei che deve fare un corso, ma come allieva,*" salta su Diletta, assonnata ma tagliente. "*Un corso di quelli dove vai uno o due volte alla settimana, io suggerisco due, da uno 'bravo' e parli con lui e gli dici le cose che dici a noi e che ci fai fare. Almeno per un annetto. Se vuoi ti ci accompagno!*" "*Ingrate, vi ho visto sorridere e anche trattenere le risate,*" tuona Lorena, ridendo. E ha ragione.

Ora è ufficiale. L'Harem, su richiesta, tiene corsi di meditazione "altra", guidati dall'odalisca posseduta Lorena. Sono aperte le iscrizioni. Lettori, fatevi avanti!

PADRI E FIGLI...

BEATA INNOCENZA E SAGGEZZA

Oggi le quattro amiche, non ancora al bar ma tra poco, stanno reclutando compagnia per il rituale del caffè con libro e barzellette. Sembrano volontarie di Amnesty International. Mancano solo i volantini e poi hanno trovato un nuovo lavoro-volontariato. Per fortuna si stanno limitando agli inquilini del condominio, quelli che passano avanti e indietro davanti alla guardiola di Giusy. Ma se butta male, non è detto che non si spingano fino alla piazza di fronte. Il Sultano, che abita al primo piano, viene invocato a voci spiegate, ma non è come d'estate che ci si parlava spesso con lui sul balcone. Una delle quattro teste di cactus, ragionevolmente, si dirige verso il citofono. Un'altra sceglie un'altra scala e citofona a Lillina. Un'altra manda un sms ad Alessandra, sperando sia a casa, quindi a pochi metri. Ecco che passa il nostro amico Massimo, il guaritore-crocerossino-informatico-tutor di Diletta. Strano, di solito rientra tardi. Ma oggi non ha scampo. Dopo qualche tentativo di svicolamento e fuga, viene braccato e tenuto in ostaggio. "*Forza Harem, datevi una mossa, fa freddo qui!*" Urla come una pazza Diletta, che oggi è in gran forma e iper-attiva, forse fatta di guaranà e ginseng.

"*Vedete, è come dice la Bibbia: 'chiedete e vi sarà dato'. Donne di poca fede.*" Si anima come un'ossessa Diletta, mentre saluta con la mano Roberto, marito di Lorena, che sta entrando in cortile con la macchina. Un'altra stranezza. Anche Roberto, di solito, rincasa dopo che l'incontro rituale è concluso da tempo. Oggi va così. Oggi è uno di quei giorni da tutti insieme appassionatamente. Lena precede Diletta e si piazza davanti alla macchinetta per digitare il codice e mettere l'auto nel silos. Roberto ha il finestrino abbassato. "*Dicci che sei dei nostri al baretto o non ti faccio mettere dentro la macchina.*" Roberto è preso in contropiede. "*Veramente volevo fare due passi in centro, per una volta che arri-*

vo con i negozi ancora aperti." "*Non se ne parla proprio,*" sbraita Lena, che ha pure allargato braccia e gambe, stile dovrai passare sul mio corpo, prima. Roberto, che ha la fortuna di essere il marito di Lorena e la sfortuna di essersi ritrovato, da qualche tempo, sposato con un intero Harem, sa che non c'è storia. Scuote la testa e sorride, poi dice a Lena: "*Se ti togli di lì e mi fai mettere la macchina, magari posso anche venire!*" Lena torna dal gruppo trionfante e Lorena è molto fiera del suo eccezionale e accondiscendente marito. Con Pinu, che nel frattempo è sceso in cortile, siamo a quota tre uomini. Mai successo!

Eccoci allora tutti ad occupare due tavoli, con una dozzina di sedie attorno. I ragazzi del bar trattengono il respiro. Si preannuncia un pomeriggio interessante…

C'è Diletta, che è seduta vicino a Lorena, che è seduta vicino a Lena, che è seduta vicino a Giusy, che è seduta vicino a Pinu, che è seduto vicino a Roberto, che è seduto vicino a Massimo, che è seduto vicino a Lillina, che è seduta vicina alla sedia tenuta occupata per Alessandra.

"*Ragazzi,*" urla Lorena agli amici baristi "*caffè per tutti, oggi offre mio marito!*" Roberto guarda Pinu e… una parola è troppa e due sono poche.

"*Roberto,*" chiama la sua attenzione Massimo "*almeno oggi scopriamo gli altarini del quartetto del cactus.*" "*Mi sa che ti illudi,*" risponde Roberto. "*Sono furbe queste quattro, oggi faranno come se niente fosse. Sono delle vere cospiratrici. Vuoi che non lo sappia? Ne ho una in casa. Beato te, tua moglie si è salvata!*" Risate generali. Nel frattempo arriva Alessandra, figlia di Pinu, e rimane basita da un gruppo così numeroso e con presenze impensate. "*Che giorno è oggi? Mi sono persa qualcosa?*" "*No, cara,*" le dice papà Pinu "*sono le quattro matte qui che si sono messe a sequestrare le persone. Non farci caso. Siediti con noi e fatti due risate.*" Alessandra si siede sulla sua sedia riservata e sorride davanti ad un quadretto davvero tenero. "*Ma che bel condominio!*" Esclama. "*Sapete che se si sparge un po' la voce vorranno tutti cercare casa in vendita o in affitto qui!*" "*Dopo che Diletta avrà partorito il libro, si spargerà eccome,*" le risponde, rossa in viso, Lorena. "*Allora, forza, scoprite le car-*

te," si anima Roberto "*su cosa avevate programmato di cospirare oggi? A chi avete intenzione di fare barba e capelli?*" "*Guarda che noi il tema del giorno mica lo decidiamo in anticipo,*" lo rimbecca sua moglie Lorena. "*Emerge naturalmente, a seconda degli umori, delle vicessitudini, dei ricordi, delle letture...*" "*Infatti, noi siamo delle artiste,*" afferma Diletta con voce affettata. "*Delle artiste e delle illusioniste,*" la sostiene Lena "*a noi le cose vengono fuori dal cilindro.*" Si unisce anche Giusy: "*Una volta è un coniglio, un'altra è una colomba, un'altra...*" "*Un'altra è un pezzo di strafigo!*" la interrompe sua sorella Lena. "*Mi è venuta un'idea,*" esclama Lorena, dimenandosi sulla sedia. "*Amici, vi state tenendo come me alla sedia?*" Ride Lena. "*No, parlo sul serio.*" Continua Lorena. "*Potremmo affrontare la questione-padri, o padri e figli, per una volta che abbiamo almeno due padri tra noi. Ci ho pensato altre volte ma, ovviamente, noi teste di cactus non siamo padri, quindi ci ho sempre rinunciato. Che ne dite?*" "*Interessante,*" commenta Alessandra. "*Bene, è deciso,*" interviene imperiosa Diletta, tirando fuori dalla borsa gli attrezzi del mestiere: quaderno e biro. "*A voi la parola,*" dice Giusy, rivolgendosi a Pinu e Massimo. "*Comunque anche Roberto può dare la sua impronta di uomo, anche se non padre,*" aggiunge Giusy. "*Io non ho niente da dichiarare,*" risponde lapidario Massimo, guardando Pinu, il quale si accoda: "*io ho una figlia meravigliosa che conoscete tutti. Stop. Silenzio stampa.*" "*Ah, andiamo bene,*" mugugna Lena, delusa. "*Ma cosa ti aspettavi?*" La scuote Lorena. "*Era prevedibile che sarebbe andata così, ci boicottano perché li abbiamo coinvolti con una leggera coercizione. Va bene lo stesso, ognuno parli con chi vuole, di quel che vuole. Dichiaro sciolta, prima del suo inizio, l'assemblea.*"

Passano il tempo ed i caffè, ed è evidente che tutti hanno un sacco di cose da dire e da ascoltare ma, soprattutto, che il gruppo apprezza questa idea reale di gruppo, di condivisione, di vicinanza di corpi, menti e cuori. Dopo due ore allo sbaraglio, Lorena richiama tutti all'ordine. "*Bene, vi ringraziamo di aver partecipato, se vi siete trovati bene... non tornate, perché ci distraete dal nostro libro! E comunque il tema in qualche modo oggi lo trattiamo. Se non avete niente da dire, voi padri, io ce l'ho. Diletta, pronta con la penna?*" "*Pronta,*" risponde raggiante Diletta, con già gli occhi bassi sul quaderno aperto.

- Il papà al figlio: "Figliolo, stai attento a non farti troppe pippe, che poi diventi cieco." E il figlio: "Papà, papà, papà... sono qua, mi vedi??"

- Un bambino al papà: "Papà, papà, posso giocare con il tuo pisello?" "Sì," risponde il papà "basta che non ti allontani troppo!"

- Un bambino entra nella camera da letto dei genitori e vede la mamma sopra al papà. "Cosa state facendo?" Chiede perplesso. "Gli sto sgonfiando la pancia," risponde la mamma. E il bambino: "Perché devi fare tutta quella fatica? Tanto poi arriva la zia e gliela rigonfia!"

- "Papà, papà, mi compri un materassino a forma di bagnino?" "Ma che dici?" Risponde il padre "Non esistono!" E il bambino imperterrito: "Invece sì! La mamma ne sta gonfiando uno dietro lo scoglio."

- Un bambino al papà: "Papà, papà, perché quella gatta ha un uccello in bocca?" "Perché non è schizzinosa come tua madre!"

"*Sei troppo forte, Lorena,*" commenta Massimo, ancora sghignazzando. "*Noi non avremmo avuto niente di meglio da dire,*" lo spalleggia Roberto. E anche Pinu si dichiara soddisfatto.

Liberi tutti. Ma che razza di meravigliosa prigione è mai la nostra?!

LE STAGIONI DELL'ANNO...

Ecco le quattro amiche al bar, come sempre, appunto, al bar. Abbiamo anche una vita, al di fuori, non temete. Se no a quest'ora saremmo tutte a riempire quaderni e raccontarci barzellette in una tranquilla villa sul lago, con una bella camicetta bianca, legata dietro, però.

Siamo infreddolite. Questo inverno continua ad essere molto rigido, inflessibile anche alle risate quotidiane che spargiamo nell'aria, come sprazzi di primavera, come tiepidi raggi di sole.

Diletta, delle quattro, è la più freddolosa, il che di per sé non sarebbe strano, è pieno di gente che soffre il freddo e ama il caldo. La stranezza di Diletta, perché non poteva essere altrimenti, è che lei non si copre. Va in giro sempre mezza nuda o vestita come se vivesse a Salina. Non certo per mostrare il corpo o fare la sexy, neanche per fare la dura, la donna che non deve chiedere mai. Lei, semplicemente, non riesce a coprirsi abbastanza. Sembra che i vestiti invernali (quelli tosti, tipo piumini super-imbottiti, berretti, sciarponi, guanti, stivali con il pelo dentro) le pesino sul corpo come sullo spirito, o forse anche sulla mente. Noto a tutti, infatti, perché lei stessa ce lo ha raccontato, che, ovunque vada a trovare un'amica, da Roma in su, l'amica deve regolarmente vestirla, prestandole le sue cose più calde. Ma Diletta è così. La sua stranezza sincera, non attoriale o frutto di un personaggio che si è cucita addosso, la rende ancora più tenera e disarmante. Oggi, per esempio, che tira una bora triestina, indossa il suo cappottino nero di lana leggera, con una micro-sciarpina e le gambe coperte solo da calze 30 denari. Niente berretto di lana, ovviamente. Poi si spoglia e... Gesùmmaria, ha solo una magliettina nera di lana elegante, pure scollata. Mamma Giusy, la sua tutrice, la scruta con occhi riprovevoli, anche se sempre dolci. "*Diletta, hai freddo?*" Quante volte abbiamo sentito questa domanda. Almeno quante l'altra: "*Diletta, hai mangiato?*" Alla seconda, Diletta è un disco rotto. Non può permettersi altro che rispondere affermativamente, pena severi rimproveri. Ma, rispetto alla prima, non può mica mentire, anche se ci prova ogni tanto. Tremare e dire che non si ha freddo è un po' grossa, lo capisce anche l'ingenua Diletta. Ed eccoci alle prime battute del copione. "*Diletta, hai ancora freddo?*" Persevera Giusy nella sua missione. "*Un po', ma adesso mi scaldo.*" "*Sei vestita troppo poco, guarda noi come siamo imbacuccate,*" insiste seria Giusy. "*Lo so, è che proprio non li ho dei vestiti come i vostri.*" "*Che problema c'è?*" Salta su Lorena. "*Andiamo a comprarli insieme, anche dopo se vuoi.*" "*Il fatto è che...*" Diletta si guarda le mani e si gira e rigira un anello. "*... Non riesco a comprarli. Mi prende come una forma di paralisi, una sindrome.*" "*Adesso ha pure le sindromi,*" ridacchia Lorena. "*Dicci pure quale, o le hai tutte?*" "*Voi scherzate, ma per me è una cosa seria. Forse perché una metà di me non vive qui.*" "*Su questo non avevamo dubbi,*" ride ancora Lorena. "*E dove vive, di grazia?*" "*Vive in un posto senza nome, che forse non ho neanche mai visto. Un posto caldo, anzi, tiepido, dove il sole ti abbraccia sempre il corpo e i suoi raggi ti accarezzano il viso, dove i piedi possono camminare senza scarpe sulla nuda terra, o tra l'erba, o sulla sabbia. E addosso ho solo un vestito color malva, leggero e svolazzante. Forse è così che immagino il Paradiso.*" "*Dai, siediti qua che ti friziono un po' la schiena,*" commenta Lorena addolcita. "*Lascia perdere il Paradiso. Com'era quel film? 'Il Paradiso può attendere'. Stai con noi che ti scaldiamo per bene. Ragazzi,*" urla poi in direzione del bancone del bar "*qualcosa che scaldi la nostra amica.*"

"*Una borsa dell'acqua calda?*" Le risponde, sorridendo, uno dei ragazzi. "*Magari, pure una coperta termica ma, soprattutto, un bel bicchiere di vino rosso.*" "*Ma sono le cinque del pomeriggio, Lorena,*" protesta Diletta "*poi salgo a casa ubriaca.*" "T*ranquilla, ti accompagno fino alla porta,*" non si arrende Lorena. "*Comunque anch'io sono così,*" commenta Giusy. "*Anch'io non sopporto l'inverno. Almeno non quello di Torino. Magari a Napoli lo sopporterei meglio.*" "*Invece a me piace tanto quando ci sono quelle giornate di freddo asciutto, con il cielo terso e le montagne innevate in lontananza,*" si inserisce Lena. "*Guardate ragazze che, davvero, qui a Torino,*" parla seria Lorena "*con le montagne così vicine, a volte abbiamo dei paesaggi da cartolina. E poi non vi lamentate, davvero. Io ho vissuto a Milano, a Bologna, a Pordenone e a Trieste e vi assicuro che Torino, come clima, è una favola.*" "*Vi ricordate ragazze,*" biascica Diletta che è già rossa in faccia e mezza ubriaca "*quel film di Woody Allen dove si parla dei 'dieci motivi per cui vale la pena di vivere'?*" "*Sì, bellissimo,*" interviene Giusy. "*Ecco, io quella lista l'avrò fatta non so quante volte in questi ultimi dieci anni,*" riprende Diletta "*e ogni volta le dieci cose cambiano. Ma ce n'è una che non cambierà mai, finchè morirò: le sere di giugno!*" "*Che poetica,*" la canzona Lorena. "*No, è vero,*" persiste Diletta con la testa che le pesa certo più dei vestiti e che la sta scaldando anche molto di più, grazie al calice di vino rosso. "*E ogni volta penso: quanti 'giugni' mi restano ancora da vivere? Pochissimi, passano in un attimo. E quanti inverni, invece? Tantissimi, non passano mai!*" "*Ti capisco, Diletta,*" la spalleggia Lena. "*Io per esempio conto i giorni che mancano alla Primavera, la mia stagione preferita.*" "*Invece la mia è l'autunno,*" la interrompe Giusy. "*Con quei colori mozzafiato, il profumo delle caldarroste, le foglie colorate che sembrano tappeti sparsi ovunque…*" "*Voi non avete capito un piffero!*" Sbotta Lorena che, intanto, per prepararsi alla sua zampata finale, ha ingollato un sorso di vino dal bicchiere di Diletta. "*Dovete rivalutare l'inverno, imparare ad amarlo! Altro che autunno. Ve lo spiego meglio, con parole mie.*"

"*Sapete qual è la stagione migliore per le donne? L'inverno, perché è lungo e rigido.*"

"*E il mese preferito dagli uomini?*" Continua, instancabile, la mattatrice. "*Á PRILE!*" conclude trionfante.

"*E adesso, vino rosso per tutte! Vedrete che, quando usciremo di qui, guarderete questo inverno torinese con occhi nuovi!*"

E LE STAGIONI DELLA VITA...

Lorena e Diletta si incontrano per le scale. "*Cosa ci fai tu puntuale?*" La attacca bonariamente Lorena. "*Stai male?*" "*In effetti,*" risponde Diletta "*se stavo ancora un minuto in casa impazzivo. Avevo bisogno della mia dose quotidiana di Harem. O almeno di teste di cactus.*" "*Grazie della gentile concessione,*" scherza Lorena. Intanto sono arrivate in cortile e si dirigono verso la guardiola di Giusy, che dal vetro pare affollata. Aprono la porta e trovano, in effetti, mezzo Harem. "*Grazie, Signore che hai ascoltato le mie preghiere!*" Commenta Diletta ad alta voce, ancor prima di salutare. Giusy sbarra gli occhi, poi si rivolge a Lorena: "*Tutto bene? Mi devo preoccupare?*" "*No,*" risponde fintamente seria Lorena "*mi ha solo appena detto che era in preda ad una crisi di astinenza da Harem!*" Poi Diletta e Lorena si ricompongono e ripartono dall'inizio, cominciando con l'inchino al Sultano e il saluto d'ordinanza: "*Riverisco!*" "*Chiudete la porta, ragazze, che qui abbiamo una certa età,*" tuona Pinu, comodamente seduto e tutto vestito, cappello compreso. "*Ho saputo che ieri avete fatto baldoria!*" Continua il Sultano, rivolgendosi a Lorena e Diletta. "*Vino rosso anziché caffè. Ma brave! Se continuate così, dovremo creare 'l'Harem delle alcoliste non anonime'!*" "*Pinu, doveva esserci, ieri,*" gli risponde Lorena. "*È stato un pomeriggio delirante, mancavano solo Baudelaire e l'assenzio!*" "*E qual era il tema di ieri? Uno tosto immagino.*" Si informa il Sultano. "*In teoria,*" si inserisce Lena "*doveva essere una cosa tranquilla: le stagioni dell'anno, ma poi...*" "*Abbiamo degenerato,*" finisce la frase sua sorella Giusy.

Ecco che bussa alla porta della guardiola Alessandra, con la sua dolcissima cagnolina bianca. "*Eccoli qua i cospiratori!*" Esclama. "*Parlate di cose vietate ai minori e ai cani o si può partecipare?*" "*Vieni, vieni, Alessandra,*" le fa spazio Lorena. "*Non sai cosa ti sei persa ieri!*" "*E non lo voglio sapere, conoscendovi,*" ride Alessandra. "*Sei dei nostri per un caffè?*" Le chiede Diletta. "*Tu taci, che ormai il caffè per te è storia passata,*" la schernisce Lena "*il tuo presente ha il colore rosso del vino, che fa pandant con i capelli.*" "*Sentite, ma perché oggi il caffè non ce lo fac-*

ciamo portare qua?" La spara Diletta, per sviare il discorso. "*Non sarebbe una cattiva idea,*" si accoda Giusy. "*Si sta così bene qui al calduccio.*" "*Perché no?*" Concorda Lorena "*adesso vado ad ordinare e torno con il vassoio, voi intanto aggiornate Pinu e Alessandra sulle conclusioni del dibattito di ieri.*" Lena svuota il sacco e tutti ridono. Nel frattempo entra Lorena con il vassoio. "*Quei ragazzi sono dei santi, hanno una pazienza con noi! In effetti erano un po' stupiti da questa variante, ma ormai anche loro hanno smesso di farsi domande su di noi. Ci accettano per come siamo e basta.*" Mentre Lorena appoggia caffè, zucchero e bicchieri d'acqua sulla scrivania di Giusy, Pinu prende la parola. "*A proposito delle stagioni, di cui avete parlato ieri, vi siete dimenticate una cosa importante.*" "*Ce la dica, Sultano,*" interviene ossequiosa ma già ridendo Lorena, mentre fa due mezzi inchini. "*Non avete parlato del fatto che non ci sono più le stagioni di una volta. Ma questo passi. Il guaio è che non ci sono più neanche i sapori di una volta. Mi spiego meglio, con un esempio che riassume tutto il concetto. La bagna cauda di adesso non è più quella di una volta. Una volta si sentiva forte il gusto dell'aglio, adesso invece gli si toglie l'anima. Ma così è come leccarla a una che è stata due ore sul bidet!*"

Le battute del Sultano sono poche ma valgono sempre doppio. Tutto il semi-Harem ride, Lorena addirittura si copre la bocca e pesta i piedi sul pavimento. Effetti collaterali. Niente di grave, siamo abituati.

"*Visto che ieri abbiamo parlato, si fa per dire, delle stagioni dell'anno, oggi potremmo proseguire con le stagioni della vita,*" salta su Diletta con tono da 'maestrina dalla penna rossa', mentre tira fuori dalla borsa il solito quaderno giallo. "*Diletta, dacci tregua!*" Sbuffa Lena. "*Sembra che siamo ai lavori forzati! Non ci possiamo prendere un giorno di pausa? È pure venerdì, persino nelle aziende escono prima!*" "*Guarda, cara,*" risponde petulante Diletta "*che io ho un libro da partorire ed è qui che scalcia e mi punge con parole di ogni tipo, pure parolacce. Vorrei accelerare un po' i tempi, se non ti dispiace, perchè, non so se ve lo ricordate, sono alle ultime settimane!*" "*E potrebbe pure nascere prematuro!*" Ride Lorena. "*Ha ragione Diletta, non abbiamo tempo da perdere. Dichiaro aperto il dibattito sul tema suggerito dalla mia amica.*" "*Io proporrei di dare la parola al nostro Sultano, lui che le ha vissute tutte le età della vita, lui che è così saggio!*" Interviene Giusy. "*Non fare la lecchina, tu.*" La rimbrotta sua sorella Lena, dandole un pizzicotto. "*No, iniziate pure voi, io vi ascolto e alla fine vi dico la mia.*" Sentenzia serio Pinu.

"*Forza, maestrina, inizia tu che hai tanta fretta,*" dice Lena a Diletta. "*Per carità,*" si copre gli occhi Lorena "*adesso inizia con il catalogo delle sventure, mica quello di Don Giovanni, magari! Dai, sputa il rospo. Parti pure dalla più tragica, così ti togli il peso.*" "*Credo di dire cose scontate,*" inizia seria ma non grave Diletta "*se affermo che la stagione peggiore della mia vita è stata questa, quella dei 40 anni, quella dove tutti più o meno hanno raggiunto i loro obiettivi e si godono i frutti di quanto hanno seminato. Carriera, figli, soldi... Per me, purtroppo non è così. Compio tra poco 43 anni e, se faccio un bilancio di quelli standard, di quelli che fa il mondo là fuori, per capirci, non ho raccolto niente, pur avendo seminato come una super-contadina. Sono come una 25enne ma senza lo spirito, l'entusiasmo e l'energia che avevo a quell'età e che ben mi ricordo.*" "*Hai detto bene,*" la interrompe Lorena "*se stessi facendo il 'bilancio del mondo', il 'bilancio sociale', potrei anche darti ragione. Ma c'è un altro genere di bilancio, molto più importante, e tu lo conosci meglio di me, solo che vuoi dimenticartene e fare Calimero. C'è il bilancio dell'essere, oltre a quello del fare. E tu sai chi sei. E noi sappiamo chi sei. Quindi smettila con queste cavolate e sii fiera di te stessa.*" Diletta le sorride grata. Ha gli occhi un po' lucidi. "*Altro che dell'essere,*" interviene Giusy "*volete parlare del 'fare'? Ma se ha un curriculum di 11 pagine. 11, non so se mi spiego! Ed è pieno di cose che ha 'fatto', mica di cornicette e ciliegie come il suo quaderno giallo!*" "*Ma cosa vuoi che conti il curriculum, Giusy?*" Le risponde con sorriso amaro Diletta. "*Concedetemi altre due parole, non ho ancora finito*" chiede al gruppo Diletta, voce e occhi bassi. "*È vero che questi ultimi anni sono stati i più faticosi e anche sofferti della mia vita. Chi lo sa meglio di voi? Chi meglio di Giusy, tra tutti? Quante volte sono entrata nella sua guardiola per salutarla, senza guardarla diritta negli occhi, perché sapevo che lei avrebbe 'visto'. Che alla sua domanda di rito: 'Come stai?' Non avrei saputo fare l'attrice, non io. E mi si sarebbero riempiti gli occhi di lacrime e qualcuna sarebbe pure scesa, finchè sarebbe arrivato il momento del suo: 'Coraggio, sei forte'! Quante volte, invece, sono passata di corsa, fingendo una fretta incredibile, per non fermarmi da lei, per non rattristarla, per non piangere e farla preoccupare. Quante volte mi ha accolto in guardiola come un uccellino sofferente, con l'ala spezzata, che non riesce più a volare? Quanti abbracci, in questi anni, in quella guardiola!*" Prende fiato un attimo Diletta, mentre Giusy è visibilmente commossa e toccata nel profondo.

"*Ho parlato di Giusy perché è stata la mia prima amica da quando sono tornata a vivere qui, nel 2004. Ma quello che ho detto vale anche per tutti voi, in misura diversa. Credete che potrò mai dimenticare i poster con scritto 'Bentornata' e con cui, mesi fa, avevate addobbato tutto il cortile, l'ascensore e pure casa mia? Non avevo mai ricevuto delle dimostrazioni di affetto così grandi, prima. E prima, appunto, in altre stagioni della mia vita apparentemente o forse realmente più felici, non ho mai avuto un Harem. E questo non è scritto nel Curriculum ma dentro di me, in ogni cellula del mio corpo. È questo che mi dà la forza di accettare la fatica che ancora faccio, quello che ho e quello che non ho. Che 'ancora' non ho. È questo, siete voi, che mi fa pensare che la stagione più florida e feconda della mia vita debba ancora arrivare, anzi, sia sulla soglia della porta della guardiola di Giusy, come la primavera, come il libro-bambino che devo partorire. La stagione migliore della mia vita è oggi, è adesso, qui con voi. Non sono mai stata così certa di qualcosa.*" Tutti hanno gli occhi lucidi. Le teste di cactus si stringono in un groviglio che vuole essere un abbraccio. Lorena, commossa più di tutti, data la sua grande sensibilità, non certo inferiore, solo diversa, da quella di Diletta o di Giusy o di Lena, sente che deve intervenire, che è il momento di una pausa di sdrammatizzazione. "*Prima di sentirvi tirare su con il naso, ve ne racconto qualcuna delle mie. Poi riprendiamo con lo psicodramma, tranquille ragazze.*"

- Una vecchietta che vive in una baracca, trova una lampada, la sfrega ed esce il Genio, che le dice: "Puoi esprimere tre desideri." La vecchietta, senza pensarci troppo, risponde entusiasta: "Voglio essere bella, voglio una reggia e voglio un principe che mi ami." I primi due si avverano e, poco dopo, il gatto della vecchietta si trasforma in un bellissimo ragazzo, che la prende in braccio e la stende dolcemente sul letto. Poi la guarda e le chiede: "E adesso come la mettiamo con il fatto che mi hai fatto castrare?!"

- Due vecchiette sono sedute in chiesa. La funzione è particolarmente lunga. Una delle due si lamenta: "Mi si è addormentato il sedere!" L'altra: "Lo so, l'ho già sentito russare tre volte!"

E brava Lorena! I fazzoletti saltano fuori, ma per asciugare un altro tipo di lacrime.

"*Vedete come si può sdrammatizzare anche la vecchiaia?*" Esclama Lorena, che poi continua: "*Ogni età ha i suoi problemi e anche la vecchiaia, verso cui tutti tendiamo, questione di tempo, non deve diventare uno spauracchio. Ci sono tanti modi di affrontarla. L'importante è rendersi conto dei propri limiti, godersi la vita e ironizzare su se stessi. Questo è il modo migliore per restare sempre giovani e brillanti, proprio come il nostro Sultano 'ragazzino'*".

"*Appena mi riprendo da tutte queste emozioni contrastanti, vi dico la mia,*" si inserisce Giusy. Silenzio. Ascolto di testa e cuore. "*Anche per me l'età adulta è stata difficile e capisco benissimo Diletta, perché questi anni, dolorosi per entrambe, li abbiamo anche condivisi. Però anch'io, come lei, ho fiducia nel futuro. Non voglio essere pessimista. Ci deve essere qualcosa dietro l'angolo anche per me, accidenti!*" "*'The best is yet to come'* (il meglio deve ancora venire, n.d.r.)*, dice la canzone, ve la ricordate, vero?*" Si inserisce Lorena. E adesso è il suo turno. "*Non posso che condividere quello che avete detto. Per me l'età adulta è stata anche molto bella e intensa, grazie sicuramente all'incontro con Roberto e ora a quello con voi. Però le mie batoste le ho avute anch'io, non credete. E poi la mia storia la sapete. È faticoso cambiare città ogni due o tre anni, ripartire da zero, fare nuove amicizie… Però, ogni volta che mi è toccato farlo, dopo la fatica iniziale, sono arrivate le sorprese. Amicizie meravigliose, interessi, città da scoprire e da vivere. Cosa credete, che non piangerò come una*

fontana quando dovrò lasciare Torino e voi? Che non mi crollerà un po' la terra sotto ai piedi, al pensiero di allontanarmi dall'Harem, di non vedervi più ogni giorno alla stessa ora, per il caffè al nostro baretto? Però quel momento non è ancora arrivato e intanto mi godo questo e ringrazio."
"*Sei molto saggia e forte,*" commenta Diletta, che per Lorena ha una vera e propria venerazione. "*Se penso che un giorno non ti incrocerò più lungo le nostre scale, mi viene male.*" E di nuovo è tempo di fazzoletti. "*Uè, si ricomincia? Devo raccontarvene altre, si vede.*" "*Sì, ti prego,*" la incoraggia Giusy con vocina tremolante. "*Pronti? Via!*"

- Un cieco fa arrivare nella sua stanza d'albergo una "signorina", per allietare la serata. Ad un certo punto, le chiede di togliersi il vestito, quindi il reggiseno, infine le mutandine. Poi, eccitato, le chiede: "Fai 69?" E lei: "Sì, il prossimo mese."

- Una signora anziana va dal ginecologo per farsi visitare. Il dottore è meravigliato nel vedere che la signora ha i capelli tutti bianchi, mentre, sul pube, i peli sono ancora scuri e folti come quelli di una ventenne. Le chiede spiegazioni e l'anziana signora risponde: "Qui – indicando la testa – tanti pensieri. Lì – indicando la patata – tanti piaceri!"

- Un ragazzino alla nonna: "Nonna, hai visto un sacchettino con dell'LSD?" "No!" Urla la nonna "Ma tu sta' attento al drago in cucina!"

"*Bella questa della nonna!*" Esclama Alessandra. "*E chi non la vorrebbe una nonna così? Dai Giusy, Lena, voi che siete nonne, prendete appunti!*"
"*Allora Sultano, siamo in dirittura d'arrivo, aspettiamo l'oracolo!*" Incalza Lorena.
"*Non ho granchè da dirvi. Le varie età della vita le vedete qua, sedute su questa sedia. Sono tutto quello che sono io adesso e qualcosa in più.*" Risponde serio Pinu. "*Però, a ben pensarci, forse la migliore età della*

mia vita è proprio questa. Non ero mai stato il Sultano di un Harem prima. Voto per questa età presente, per questo momento presente!" "Sì, bravo, viva il presente! Viva l'Harem, viva tutti noi, qui ed oggi!" Urlano in coro le ragazze dell'Harem.

La conclusione è semplice, come un parto senza complicazioni. Siamo entrati nell'Era dell'Harem (dobbiamo informare Battiato!), la migliore delle ere possibili, e possiamo canticchiare, sorridendoci, accompagnati dal grande Renato Zero: "Questi sono e resteranno per sempre i migliori anni della nostra vita."

UN TEMPO PER OGNI COSA

Lorena e Diletta hanno fatto una passeggiata perché oggi è, come si diceva in precedenza, una di quelle giornate che ti fanno anche amare l'inverno torinese. Cielo turchese, neanche una nuvola, aria pungente ma che risveglia ed elettrizza. Ma soprattutto, quel sole che sembra essersi offeso per le nostre lamentele sull'inverno, e oggi quasi salta fuori dal cielo, tanto vuole essere sicuro di scaldarci almeno un po', di illuminare i nostri volti e spiegare le fronti corrucciate, di sciogliere i nostri corpi rattrappiti sotto gli strati di tessuto caldo (ovviamente vale solo per Lorena, vedi prima). È un sole commovente. Sembra che parli. Sembra volerci dire: "Hei, ragazze, ci sono anch'io. Io non vi mollo e, se avete pazienza, poco alla volta ci sarò sempre di più, e vi scalderò con tutto me stesso. Adesso sono solo un tiepido sole invernale. Sapete, anch'io ho freddo in questo periodo e mi sento frustrato, a volte, perché posso uscire così poco, ma mi sto preparando alla meravigliosa, calorosa primavera che ci aspetta e che ci vedrà guardarci occhi nei raggi. Abbiate fiducia. Sono pur sempre il sole dell'Harem. Conterà qualcosa!"

Forse Lorena non se n'è accorta, ma Diletta ha parlato con il sole per tutto il tempo della passeggiata, pur ascoltandola. Del resto, anni fa ha scritto una tesi di Master tutta incentrata sui suoi colloqui e la sua amicizia con un lago. Diletta è la San Francesco dell'Harem e tutti amano queste sue stranezze mistiche.

"*Che bello poterci rifugiare nel nostro baretto, dopo questa passeggiata freddina, pungente come il cactus, come noi. Ma ci tenevo a ricordarti che il sole c'è, per tutti, spesso. Anche per noi,*" le dice Lorena. "*Hai ragione,*" sorride Diletta, ancora trasognata dalla chiacchierata con il suo nuovo amico Sole. Ma non dirà a nessuno del gruppo che il sole si è auto-dichiarato membro dell'Harem. La comprensione va bene, ma fino ad un certo punto!

Si accomodano al solito tavolo e oggi l'ordinazione stupisce i ragazzi del bar. "*Due cioccolate calde*", sorride Lorena ad uno dei baristi. "*Oggi c'è il sole.*" Il ragazzo non capisce la connessione ma tanto ci ha rinunciato sin dalle prime pagine del libro. "*Volevo spiegargli che c'è il sole fuori ma anche dentro di noi,*" dice Diletta a Lorena "*ma poi ho pensato fosse un po' troppo anche per lui...*" "*Hai fatto bene. Ma lo hai detto a me e conta uguale,*" conclude, sorridendole, Lorena.

Diletta si porta la cioccolata verso il viso. Annusa e sorride, poi la riposa sul tavolo senza neanche berne un sorso. "*Sono un'ingrata, vero? Per quello che ho detto giorni fa. Come si fa, alla fine, a non amare l'inverno quando ti fa questi regali? Una cioccolata che ti profuma e scalda l'intero viso, un'amica preziosa con cui condividerla, un sole amico che si sta sforzando di scaldare al massimo delle sue possibilità, e un cielo che gli lascia tutto lo spazio per lavorare.*" Lorena sorride. "*Brava!*" Commenta. "*E poi vedi, non tutti i giorni sono uguali. Oggi ringraziamo della giornata imprevista che ci viene regalata, quasi a ricordarci che la primavera torna ogni anno. Domani magari sarà grigio, piovoso, freddissimo, rattristante, ma il trucco, domani, sarà ricordarci che c'è stato un oggi ben diverso, e ce ne saranno ancora. Accettare, prendere quel che viene, con la certezza che, sicuramente, quando meno ce l'aspettiamo, arriverà qualcosa di buono, anzi, di ottimo, superiore persino alle nostre aspettative.*" Diletta le sorride e affonda il viso in quel liquido scuro così dolce e invogliante. Affonda le labbra, la bocca, il naso, qualche ricciolo del ciuffo, ma soprattutto affonda se stessa. In quella cioccolata, anche se nessuno la può vedere, ci sta nuotando, felice, serena, custodita. Come un pesce che ha trovato la propria acqua. Oggi, per Diletta, la sua acqua sono l'amica Lorena, l'amico Sole, l'amica Cioccolata. Oggi è un buon giorno. Un giorno per cui, davvero, ringraziare.

Sono sole, oggi pomeriggio, Lorena e Diletta, quindi c'è un tempo anche per confessioni a cuore aperto, per le cose mai raccontate a nessuno, per gli sfoghi e le consolazioni. Non che non avvenga quando siamo in quattro, oppure quando siamo mezzo Harem o l'Harem tutto intero. Però c'è qualcosa di diverso che lega Lorena a Diletta. Come se si conoscessero da sempre. Diletta le vuole un bene infinito e sente di essere ricambiata. Non è solo amicizia, è stima, è considerazione, è riconoscimento di valore. È tutto questo e molto di più.

"*Vedi,*" le dice Lorena "*negli scorsi pomeriggi abbiamo parlato tanto delle stagioni dell'anno e della vita. Questo mi ha fatto pensare al tempo. Non a quello dell'orologio, neanche a quello atmosferico. Al Tempo della Vita. Al tempo di cui si parla nella Bibbia, nel 'Qoelet'*". "*Bellissimo,*" la interrompe radiosa Diletta "*è il mio preferito!*" "*Alla fine,*" continua Lorena "*cosa ci dice?*" "*Che c'è un tempo per ogni cosa,*" risponde, preparata, Diletta. "*Esatto!*" Conferma Lorena. "*E dovremmo rileggerci quelle pagine ogni giorno, impararle a memoria. Ma poi anche ricordarcele, perché imparare soltanto non basta. C'è il tempo del freddo e quello del caldo, il tempo della giovinezza e quello della vecchiaia, il tempo di ridere e quello di piangere. E tutti, davvero tutti, hanno valore per le nostre vite. Dobbiamo prendere il pacchetto completo, come quando scegli un amico o un fidanzato o un marito. Il segreto è trovare sempre il buono in tutto, anche in ciò che apparentemente ci fa male o è duro da digerire. Ma adesso ho parlato troppo, adesso è tempo di ridere, decido io. Senti questa.*"

- La parola pene può essere sia maschile che femminile. Se misura più di 10 cm è un PENE, se invece misura meno di 10 cm, è una PENA!

Ridono entrambe, come bambine. Hanno ritrovato, oltre a quello del ridere, pure il tempo per essere spensierate.

Conclusione: C'É UN TEMPO PER ESSERE SERI E UN TEMPO PER RIDERE SERIAMENTE…

AH, LA CRISI…

Eccoci qua, le solite amiche in spiaggia. Ma no, stiamo scherzando, al bar, come sempre. Dove volete che ce ne andiamo? Chi se le piglia quattro matte come noi?

Le tazzine del caffè sono già vuote, avevamo bisogno di tirarci un po' su. Oggi siamo sul basso andante. Diletta non ha nemmeno ancora tirato fuori il quaderno. Siamo un po' meste. Oggi l'argomento è davvero serio e sarà dura anche per Lorena riuscire a sdrammatizzarlo.

"*Io che ogni giorno, per lavoro, incontro tante persone,*" inizia Giusy "*posso dirvi che vedo tanta gente con il viso tirato e poca voglia di sorridere. E non sapete quanti mi dicono che sono preoccupati di perdere il lavoro e quanti non riescono a trovarlo. Niente, non c'è niente, neanche se uno si accontenta. È ben triste, sapete? Siamo fortunate a non avere grossi problemi economici!*" "*Brava, Giusy,*" le risponde Lorena "*questo è l'atteggiamento giusto. Ricordarci ogni giorno di quanto siamo fortunate e smettere di lamentarci per ogni cosa. Là fuori è davvero un campo di battaglia, noi quattro siamo qui, riparate, al calduccio, insieme. Non vi sembra un gran privilegio?*" "*Certo,*" conferma Lena "*io infatti sono molto grata per la vita che ho, anche se i problemi ci sono e sono tanti. Ma la base c'è, e questo vuol dire molto.*" "*Dilettina,*" sorride sotto i baffi Lorena, con voce da Principessa Sissi "*ti prego, dicci che anche tu condividi questo pensiero positivo! Non farci star male. Ma se devi sfogarti, fallo pure, siamo qui per questo, lo sai. Cosa ti tormenta?*" "*Tante cose,*" risponde Diletta, guardando nel vuoto e poi di nuovo nella tazzina vuota, senza uno straccio di fondo di caffè da interpretare. Per un po' sta in silenzio. Non è che non trovi le parole, lei quelle le maneggia abilmente, come un giocoliere. È che non sa da dove iniziare e, soprattutto, non sa se sia giusto rattristare le sue amiche. "*Il tuo problema è che sei troppo sensibile,*" interrompe il silenzio Giusy. "*La sensibilità è una dote bellissima ma ti fa stare anche tanto male, purtroppo.*" "*Tanto per iniziare,*" sta trovando le parole Diletta "*e so che mi cazzierete per quel che sto dicen-*

do, io mi sento in colpa a non sentire la crisi." "*Certo che ti cazziamo!*" Sbotta Lorena. "*Stai male per i mali che hai e pure per quelli che non hai. Ma ti pare? Dai, sei una persona intelligente, devi farti un minimo di forza e controllare quella tua mente – ruspa.*" "*Lo so, lo so. Ma agire sul controllo della mente non è poi così difficile. È sul cuore che non ho alcun potere. Sembra che si faccia la sua vita, con le sue emozioni, fregandosene del resto del corpo, e di me, soprattutto.*" "*Un cuore in autogestione, bellissima questa!*" Scherza Lorena, abbozzando il primo tentativo di sdrammatizzazione. "*Ma poi anche tanto altro...*" "*Dai, svuota il sacco, butta tutto il triste e doloroso nella mia borsa della spesa,*" la incita, ridendo, Lena. "*Come vi ho raccontato altre volte, ho sempre fatto molto volontariato, ma di quello estremo, mica quello da scrivania.*" "*Ovvio!*" La interrompe Lena. "*Volevate mica che scrivesse comunicati stampa per Green Peace!*" "*Sono stata due volte in Africa e sei mesi in Brasile, sono stata con le suore di Madre Teresa di Calcutta e l'ho anche conosciuta. Sono stata con le sue malate di AIDS, quando di AIDS si moriva ancora, e poi tanto altro che non vi sto a raccontare, perché non voglio sembrare Santa Teresina del Bambin Gesù. Era per dire che di sofferenza ne ho vista tanta, di quella seria, di quella che fa accartocciare cuore e stomaco. Ma è diverso. In Africa vedi la gente che non ha da mangiare, ma la vedi anche sorridere e danzare. In Brasile vedi migliaia di persone che dormono a terra, vedi ragazzini senza gambe che si trascinano per le strade sopra un pezzo di legno con le ruote, o uomini, anche anziani, che si tirano dietro carretti di povera merce, con il viso a terra e le spalle curve. Ma anche lì c'è musica, danza, ed ogni occasione è buona per far festa. Soprattutto, non si sentono soli, come qui da noi. Ecco quello che più mi fa male del vivere qui: la solitudine che prova tanta gente, me compresa.*" "*È normale,*" interviene Giusy "*sono altri Paesi, altre culture.*" "*E noi siamo già fortunate a vivere in Italia,*" la interrompe Lena "*pensate se vivessimo nei paesi del nord Europa. Lì sì che c'è solitudine, lì sì che la gente è depressa. Infatti il tasso di suicidi è altissimo.*" "*Ragazze, stiamo andando fuori tema, si stava parlando della crisi in Italia, non delle sofferenze del mondo,*" ci rimette in riga Lorena. "*Ci stavo arrivando,*" le spiega Diletta. "*Sono partita dalle mie esperienze durissime in Africa e in Brasile, per dirvi che, alla fine, il dolore più grande, la compassione più forte, l'ho provata proprio in Italia, e non solo facendo volontariato. Ho fatto amicizia con un paio di Uomini, perché è di uomini con la U maiuscola che sto parlando, senza fissa dimora. Ho ascoltato le loro storie, storie non poi così incredibili. E ogni volta ho pensato che è solo un caso che non ci sia io al posto loro. A proposito della fortuna di cui parlavamo giorni fa. E poi, quando sento che, a causa della crisi, ci sono famiglie che non arrivano a fine mese, persone anziane che vivono sole e non possono neanche permettersi di guardare la televisione, perché costa troppo, o ancora, quando mi imbatto nelle file di persone, perché è di Persone che sto parlando, giovani e meno giovani, davanti al Cottolengo o dai Francescani del Monte dei cappuccini, che aspettano un panino per pranzo e lo stesso panino per cena... Quando penso (e ho visto, ovviamente, facendo volontariato) alle mense dei poveri, con tutti questi uomini e donne piegati nel corpo e nello spirito... Vi sto angosciando?"* "*No, dai, continua, ti fa bene,*" le accarezza la testa Giusy, sempre materna. "*Quando vedo uomini anche anziani, mica solo giovani, che dormono di notte con la testa sotto il piumino e accanto un cagnolino, anche lui con la sua modesta copertina, sempre vigile, perché non capiti qualcosa al suo padrone... Tenerezza, sì, ma anche coltellate allo stomaco. Mentre io me ne torno velocemente nella mia bella casa riscaldata, tra l'amore dei miei genitori.*" "*Diletta mia, scusa se sono ripetitiva, te l'avranno già detto chissà quante volte,*" la interrompe, seria, Lorena "*mica puoi farti carico dei dolori dell'umanità intera! Se no ci muori schiacciata sotto, mentre loro, i 'poveri', chiamiamoli così, comunque, in qualche modo, vivono. Hai incontrato Madre Teresa di Calcutta, e questo è un grande dono, ma ricordati che non sei lei. Nessuna di noi è lei. Nessun'altra sarà mai lei.*" "*Lo so,*" riprende Diletta, la cui voce è un po' spezzata. "*Ma non riesco ad impormi il giusto distacco emotivo. Non ci riesco. Io divento loro e loro entrano in me. Non so se mi capite?*" "*Certo che ti capiamo,*" risponde Lena, per una volta senza alcuna intenzione di ridere o fare battute, anzi, molto toccata. "*Io sto male,*" continua affranta Diletta "*anche quando, alle nove di sera, squilla il telefono ed è qualcuno che ti vuole vendere un nuovo abbonamento telefonico o altro. Non solo non mi irrito, ma mi viene pena e cer-*

co di ascoltare fino in fondo ed essere gentile, anche nel rifiutare. Perché penso: 'Io sono qui a tavola, che ceno con i miei genitori, al caldo, davanti alla TV, e questi poveri 'cristi', per quattro soldi, alle 21 sono ancora lì che lavorano, perché sanno che è l'ora migliore per trovare la gente a casa. Oppure, quando penso che questa crisi avrà lasciato tanti bambini di famiglie torinesi senza regali sotto l'albero e niente calze della Befana piene di dolci. I bambini non dovrebbero mai provare questo tipo di disagio. In realtà i bambini non dovrebbero proprio soffrire in generale. E infine, poi mi spengo, giuro, sapete cosa mi fa davvero tanto, ma tanto male? La realtà, sempre più in crescita, dei padri separati che non riescono a pagarsi un affitto, perché i pochi soldi che hanno, se li hanno, li devono dare tutti per gli alimenti. Così, prima a Milano ma forse anche a Torino, cominciano a nascere le case-famiglia per padri separati. Non la trovate di una tristezza infinita? Quello che mi brucia e scalpita dentro, ogni volta che penso ad una delle situazioni che vi ho elencato, è una frase, un urlo, forse rivolto alla Vita, forse a Dio: 'Ma sono esseri umani come me!'. Lo so, è da quando sono piccola che ho problemi con l'irrisolvibile questione della giustizia in questa vita. Io sono credente e cerco di pregare ogni giorno, tuttavia, tutto quello che ci è dato di conoscere è questa vita. Bellissimo se nella prossima vita ci sarà giustizia per tutti. Ma perché non anche un po' in questa? Solo un po', solo quel tanto da non sentire continuamente quei coltelli nello stomaco, il cuore che piange, l'anima che si rattrappisce, il corpo dolorante. Ma ora basta. Vi chiedo scusa. Questa era la mia riflessione sull'argomento crisi, ma mi rendo conto di essermi dilungata eccessivamente, di aver parlato troppo di me, oltre ad essere andata più volte fuori tema." Silenzio. Ci sono sfoghi e svuotamenti d'anima che non richiedono parole ma solo un silenzio – abbraccio, che consoli, che scaldi, che rassicuri. "*Ragazzi, altro giro di caffè, e per Diletta il solito rosso,*" urla Lorena spezzando il silenzio. Si beve, ci si sorride, si parla dell'ultimo film visto, si progetta una pizza dell'Harem, ed ecco che tutto torna come era prima di entrare. Anche se, a turno, tutte lanciano un'occhiata a Diletta per accertarsi che il vino stia facendo il suo effetto. "*Bene, ragazze, grazie a Diletta, uno dei temi più 'cactus' dell'intero libro lo abbiamo affrontato e sublimato alla grande. La serietà, se unita alla grande sensibilità e al cuore puro, fa bene e ci serve tanto quanto le risate. Però, siccome non mi fido a farvi uscire così, con quelle facce da sopravvissute, io il mio compito lo porto a termine anche oggi. Fazzoletti pronti? Vanno bene anche le maniche dei maglioni. Via!"*

- Il marito alla moglie: "Ti devo chiedere di andare a battere, perché non arriviamo a fine mese. Mi dispiace." Lei capisce e accetta. Dopo alcuni mesi, il marito le chiede come stia andando il nuovo lavoro. "Benone," risponde lei "ho guadagnato 381 Euro!" Il marito: "381? E chi è quel pirla che ti ha dato 1 Euro?" "Tutti!" Risponde lei.

- Una coppia non riesce a pagare l'affitto e sa che il giorno stesso passerà il proprietario a ritirarlo. Allora il marito dice alla moglie: "Vedi tu cosa fare con lui." E per togliersi dall'imbarazzo, se ne va al bar. Dopo qualche ora, torna a casa e trova la moglie seduta sul calorifero. "Cosa fai lì?" Le chiede. "Sto facendo asciugare la ricevuta!"

- Due amici si incontrano. Uno dice all'altro: "Sai, a mia moglie hanno rubato la carta di credito." "Hai sporto denuncia?" Chiede l'amico. "No," risponde l'altro "ho scoperto che il ladro spende meno di mia moglie!"

- Un signore entra in un negozio di giocattoli per comprare un regalo alla figlia. Purtroppo, in tempo di crisi, non può permettersi di spendere tanto. Chiede al commesso: "Vorrei una Barbie per mia figlia." Il commesso: "Guardi quello scaffale, ne abbiamo di tanti tipi." Il signore, preoccupato dal prezzo, inizia ad informarsi: "Quanto costa la Barbie in città? "89 Euro e 50," risponde il commesso. Preoccupato dall'alta cifra, il signore guarda altre Barbie, sperando siano più economiche. "E la Barbie nel deserto quanto costa?" Si informa, con il fiato sospeso. "89 Euro e 50," risponde il commesso. L'ansia cresce. "E la Barbie in spiaggia?"

"Sempre 89 Euro e 50," ripete il commesso, perdendo la pazienza. "E la Barbie pornostar?" La risposta del commesso è sempre la stessa. Il signore, tra il disperato e il seccato, si rivolge al commesso: "Ma scusi, hanno tutte lo stesso prezzo!" E il commesso: "No, abbiamo una Barbie che costa 289 Euro e 50". "Così cara? Ma che Barbie sarà mai?" Chiede attonito il signore. "È la Barbie divorziata. Ha la casa di Ken, la macchina di Ken, l'assicurazione di Ken, la barca di Ken e tre vacanze all'anno pagate. Da Ken, ovviamente!"

"*Grazie, Lorena,*" interviene per prima Diletta, che ha sempre riso o, almeno, abbozzato qualche sorriso. "*Se non ci fossi tu… Se non ci foste voi…*"

"*Aspetta, mica ho finito, adesso viene la chicca: la crisi vista dagli occhi di un bambino, la mia preferita. Ascoltate.*"

- Un bambino vede la mamma sotto la doccia e le chiede, indicando la patatina: "Cos'è quella cosina lì?" "È una spazzola," risponde la mamma, imbarazzata "l'ho comprata al mercato per 5 Euro." Il giorno dopo, il bambino vede il papà sotto la doccia e, incuriosito, gli chiede: "Cos'è quel coso lì?" Il papà: "È una spazzola. L'ho comprata per 5 Euro al mercato." Allora il bambino ritorna dalla mamma e le dice. "Certo, mamma, che sei proprio scema. Al papà, al mercato, per la stessa cifra gli hanno dato anche il manico!"

"*Vedi, Diletta, esistono i bambini a cui pensi spesso tu, giustamente, ma ricordati che esistono anche questi, quelli capaci di farci ridere. Perché sembra assurdo, ma spesso sono proprio le persone più disagiate che sanno sdrammatizzare la loro situazione e cogliere quel poco, pochissimo di bello che la Vita offre a tutti, belli e brutti, poveri e ricchi. La prima violetta della stagione, una nevicata che ci fa tornare bambini, il sole che scalda le ossa, l'abbraccio di un amico…*"

AHI, LA MORTE...

"Eravamo quattro amiche al bar, che volevano cambiare il mondo..." Oggi, al solito tavolo, si canticcchia. Ma è una sorta di canta che ti passa prima ancora che ti venga...

Siamo in dirittura d'arrivo. Ultimi temi alla fine del libro, ultimi giorni prima dell'inizio di qualcosa di nuovo, che ancora non sappiamo cos'è, ma sappiamo che avrà un forte impatto sulle nostre vite e rafforzerà l'amicizia e la complicità delle teste di cactus, ma anche dell'Harem stesso al completo. Anche perché tutto ciò che abbiamo vissuto, scritto, condiviso, e ora ci accingiamo a donare a voi, lettori, non sarebbe stato possibile senza un Harem alle spalle, presente anche quando assente fisicamente.

Questo pomeriggio, al bar, sguardi bassi, sorrisi accennati, voglia più di guardarsi negli occhi, che di parlare, più di scaldarci le mani a vicenda, che di scrivere sul quaderno. Più di stare vicine vicine, che di discutere, ribattere, approvare, contestare, spettegolare, canzonare.

Ecco l'immagine che rende bene l'atmosfera. Siamo appena state al funerale di una persona cara e ora siamo qui, con i nostri sorrisi amari e gli occhi un po' cerchiati, cercando di mandare giù, con caffè e acqua, un profondo disagio, un grande senso di impotenza e smarrimento.

Lo avevano deciso sin dall'inizio, Diletta e Lorena, e Giusy e Lena erano state d'accordo. Gli ultimi due argomenti sarebbero stati riservati alla Morte e alla Vita. E oggi ci tocca la Morte, che ci piaccia o no. È un calice che dobbiamo bere fino in fondo, per onestà verso di noi e verso i lettori. Poi, domani, potremo dissetarci al calice della Vita, della vita nuova, e sentirci tutte nuove anche noi.

"*Ragazze,*" rompe il silenzio Lorena, ma questa volta senza esuberanza, senza dimenarsi sulla sedia, senza alzare il tono della voce, solo abbozzando un sorriso e guardandoci negli occhi una ad una, come se stesse facendo l'appello. "*Vi ricordate la parola d'ordine che abbiamo condiviso, ancor quando, circa un anno fa, decidemmo che questo sarebbe diventato il nostro progetto e che, costi quel che costi, lo avremmo portato a termine?*" Silenzio generale. Le amiche capiscono quando un'altra amica fa una domanda che non vuole risposta. Così Lorena continua: "*la nostra parola d'ordine era, è stata e deve essere anche oggi: sdrammatizzare sempre, anche a fatica, e riderci su, almeno provarci! Lo so che è difficile con un tema-fardello come la morte, sia per l'argomento in sé, ma soprattutto perché ci coinvolge tutte da vicino e susciterà, è inevitabile, ricordi o pensieri dolorosi. Ma lo dobbiamo fare, lo dobbiamo a noi stesse e ai nostri lettori, che si aspettano, ormai che saranno arrivati alla fine del libro, di commuoversi e ridere insieme a noi. Volete che inizi io, a modo mio? Vogliamo iniziare prima a ridere un po' e poi…si vedrà?*" Tutte annuiscono con il capo e con il sorriso. Le parole, oggi, proprio non escono. Come la morte, in fondo. Anche la morte è un po' senza parole. Un silenzio assoluto e composto. "*Dai,*" cerca di animarsi Lorena, che pure fa una gran fatica. "*Sentite questa.*"

- Dialogo tra due amiche. "È morta mia zia. Ha dato occhi, cuore, polmoni, milza, reni e ha fatto felici sette persone". L'altra: "Invece mia sorella è viva e dando una sola cosa fa felice un sacco di gente!"

Qualche risata è scappata, per conto suo, senza che le proprietarie se ne rendessero conto.

"*Va un po' meglio, vero?*" Chiede Lorena alle tre amiche, delicata, come se si muovesse in punta di piedi.

"*Sì, cara, grazie, un po' meglio,*" le risponde per prima Giusy, con occhi già più suoi. "*Allora comincia tu,*" la prende in parola Lorena. "*Cosa volete che vi dica? Sapete già tutto di me. La morte ha colpito la mia famiglia più volte, in modo molto crudele, oserei dire ingiusto. Per un po' di tempo non ho accettato, mi sono riempita di rabbia e tristezza, ma poi c'è stato il vero, primo incontro di anime con Diletta, e la sua sensibilità, la sua vicinanza, insieme a quella della mia famiglia, è ovvio, mi ha dato coraggio. È lì che ho scoperto la medicina per tutti i mali, anche quelli senza rimedio, come la morte: l'amicizia sincera, l'ascolto, la con-*

divisione, poter aprire il cuore perché qualcuno mi aiutasse a medicarlo." Diletta la abbraccia e piangono un po' insieme. No, non piangono, lasciano solo che qualche lacrima buona inumidisca le rispettive guance. "*È così anche per me,*" interviene Lena "*essendo sorella di Giusy, e volendole un bene dell'anima. La morte ci ha tolto il sorriso per molto tempo, ma io sono una battagliera, come dite voi, una forza della natura. E quella forza ho dovuto trovarla, per me e per i miei cari.*" Adesso si tengono tutte e tre strette per le mani. "*Brave,*" commenta Lorena, "*state andando bene, forza! Ci facciamo un altro caffè doppio e un'altra piccola pausa sdrammatizzante, che ne dite?*" Sorrisi che sono dei sì. "*Perfetto, eccone un'altra carina. Meno male che la memoria oggi mi assiste, se no eravamo tutte spacciate!*"

- Una moglie, per non fare sesso, dice al marito di avercela a lutto. Lui si lega un nastro nero al pisello e le dice: "Entro, faccio le condoglianze ed esco!"

"*Sempre meglio, vero?*" Sorride Lorena, compiaciuta dei tre visi ora distesi e dei sei occhi di nuovo luminosi. "*Va bene, ora tocca a me. Tolgo la maschera del giullare e vi mostro la mia vera faccia. Però, prima mettete sul tavolo tutti i klinex che avete!*" Ed ecco che il tavolo ha una tovaglia bianca di fazzolettini di carta e pure quello di stoffa di Diletta, con l'iniziale ricamata un tempo da sua nonna.

"*Voi mi vedete e mi definite sempre solare, ottimista, forte, allegra. E lo sono, non fingo di certo. Ma credete che tutto questo sia solo un dono di Dio? In parte lo è anche, e infatti Lo ringrazio sempre. Ma avete presente la massima 'Aiutati che il ciel ti aiuta?' Ecco, io la cambierei in 'Prima aiutati, che poi il Ciel ti segue'. Tutto quello che di buono vedete in me è frutto di un duro e costante lavoro su me stessa. Ed è un lavoro che faccio tutti i santi giorni, anche se riconosco che questo è un periodo molto sereno della mia vita, grazie soprattutto all'incontro con voi. Ma quanto ho dovuto anch'io mandare giù, sempre con il sorriso, sempre cercando di non lasciarmi andare. Mica è una cosa che puoi fare tre volte l'anno, come un viaggetto, o una volta alla settimana, come lo scrub del viso? È un esercizio, una disciplina quotidiana, che man mano diventa un'abitudine, come quella di farsi la doccia o lavarsi i denti. Ho pianto anch'io, e tanto. Ma ora non demonizzo più il pianto, come non demonizzo il dolore, come non demonizzo la morte. Sono parte della Vita, sono insiti in noi esseri umani e dobbiamo accettarli, ma non con rabbia o disperazione. Di buon grado. La mia storia la sapete, come io so la vostra. Tutto ciò che vi posso dire, è ripetere le parole di Diletta: accettare, perdonare, ringraziare. Solo questo. Ed è già abbastanza, credetemi.*"

Ancora nasi che vengono soffiati, ancora occhi lucidi. "*Possiamo anche farci un bel piantino tutte insieme, sapete?*" Riprende Lorena, che gli occhi lucidi ce li ha pure lei. "*Tanto ormai qui tutto ci è permesso, per fortuna.*" Tutte sorridono e il pianto è rimandato. C'è ancora tempo e soprattutto...Gesùmmaria, c'è ancora Diletta che deve parlare! Altro che fazzoletti, serve un rotolo di scottex intero. "*Dilettina, te la senti o vuoi prima farti una risatina?*" Interviene Lorena. "*Non mi offendo mica se non ridi, ma se ascolti, magari, ti farà ridere dentro. Eccola. Un'altra tra le mie preferite.*"

- Sapete come è morto Capitan Uncino? Si è fatto il bidet con la mano sbagliata!

Diletta sorride, dentro nessuno lo sa, a parte lei, ma fuori lo vedono tutte. Poi inizia: "*Vorrei essere breve anch'io, come voi, ma non so se ci riesco, non ho il dono della sintesi. Buffo, perché la morte rende tutto e tutti molto sintetici. Anche la mia storia la sapete e, giustamente, come avete fatto voi, non intendo scendere nei particolari, sia per non rattristare troppo i nostri lettori, sia perché sono cose così intime e personali che è bene mantenere un po' di riserbo. Sono i nostri ricordi, le nostre paure, i nostri dolori. Solo nostri, chiusi in uno scrigno. Ho perso tanti amici in giovane età e forse questo ha inciso sulla mia tendenza alla malinconia, al mio rifugiarmi sempre nel passato. Ho perso parte dei miei famigliari, ma soprattutto ho perso la mia cara nonna, con cui ho vissuto per sei anni a Bologna. Mi manca tanto. Mi manca la sua praticità, la sua saggezza, la sua grinta, la sua vivacità tipica bolognese. Quanti errori mi sarei rispar-*

miata, in questi dieci anni, se avessi potuto alzare il telefono e confidarmi con lei. Ma in qualche modo sento che c'è sempre stata, non se n'è mai veramente andata. È il mio angelo custode e mi tiene una mano sulla testa. E infine, sono morta dentro anch'io, tante volte, troppe, soprattutto in questo ultimo anno. Perché non mi sono amata, perché non ho creduto nella Vita, perché non sono stata capace di accettare, perdonare e ringraziare. Sto imparando a farlo, poco alla volta, come dice Lorena, finchè diventerà un'abitudine, una meravigliosa abitudine. Ora non penso più alla morte, ho ripreso a pensare alla vita, anche grazie a voi, ma so che la 'bella signora' mi è vicina, non come una nemica, ma come l'altra faccia della vita, l'altro lato della medaglia. Sento che non mi vuole strattonare per un braccio e portare via con sé, ma vuole che senta che non ne devo aver paura, che sarà vicina e mi prenderà a braccetto, senza strattonarmi, quando sarà il momento. Un momento che non deciderò io. E con lei accanto, non avrò paura, ma la seguirò in un altro viaggio. Non sembra un brutto programma, che dite? A me, in fondo, piace così tanto viaggiare..."

Questa volta Lorena non fa in tempo a concedere una breve pausa pianto, perché è lei la prima che si asciuga gli occhi, come le altre tre. Ce l'abbiamo fatta. E alla grande, direi.

Con cuore leggero e viso disteso, Diletta inizia a canticchiare "Si muore un po' per poter vivere..." e le altre la seguono, e le voci diventano sempre più forti, sicure, intonate, armoniche, vitali! E i ragazzi del bar? Nemmeno ci passano per la mente. Che ci caccino pure, noi abbiamo la nostra canzone e, soprattutto, abbiamo noi stesse.

HEI! LA VITA!

Ed eccoci arrivati alla fine (mica in senso di morte! Quella è già acqua passata). Siamo alle ultime pagine del libro e all'ultimo tema, quello che più ci sta a cuore e che abbiamo tenuto, volutamente, per ultimo. La vita. Anzi, la Vita. E per questa occasione, così importante, la più importante del lungo viaggio attraverso le risate, le riflessioni semi-serie, i pianti, gli sfoghi, le invettive, abbiamo fatto in modo di radunare l'Harem al completo.

Il baretto oggi è solo nostro. Tre tavoli e un'infinità di sedie, caffè, tè, camomille, tisane rilassanti, acqua e pure… una bottiglia di spumante!

Anche oggi siamo tutti molto silenziosi, cosa mai successa da quando è nato l'Harem. Anche la Vita ha bisogno di poche parole, come la Morte, perché parla già abbastanza da sola.

"*Va bene,*" prende la parola la leader del gruppo, Lorena. "*Inizio io, così ci togliamo il dente e poi via libera ai commenti di ciascuno. Scusate, ma a me il tema vita mette una gran voglia di ridere!*"

- Una donna dà alla luce un figlio. La compagnia elettrica ringrazia.

Risate a voce alta, sorrisi, qualche abbraccio, poi gli occhi dell'Harem sono tutti puntati su Diletta, che alterna smorfie di dolore a sorrisi angelici. "*Harem, credo che ci siamo. Sto per partorire.*" Sguardi atterriti. "*E vorrei farlo qui, nel luogo dove è cresciuta, mese dopo mese, la nostra creatura, il più giovane membro a vita dell'Harem.*" Nessuno fiata. Diletta ha ancora qualcosa da dire. "*Vorrei farlo qui con voi e vorrei che mi cantaste una canzone, mentre io faccio qualche bel respiro.*" "*Quale?*" Interviene sollecito il Sultano, quasi nonno. "*Vorrei che mi cantaste 'Vita in te ci credo'*". E l'Harem, un po' interdetto e un po' felice, inizia il canto di accompagnamento al parto. Chi la sa inizia, gli altri seguono a ruota, anche se non sanno le parole, piuttosto se le inventano. Arrivano anche i ragazzi del bar per assistere alla scena, loro saranno i padrini, in fondo.

E così, dopo due strofe, il libro viene alla luce, piccolo piccolo, già timoroso di dover presto andare nel mondo, in altre mani, in altre case. Qualcuno nota una cosa singolare: a differenza di tutti i neonati, non trema affatto. "*Ovvio!*" Conclude in bellezza Lorena "*è nato con la copertina!*"

Vita in te ci credo
le nebbie si diradano e oramai ti vedo
non è stato facile
uscire da un passato che mi ha lavato l'anima
fino quasi a renderla un po' sdrucita
Vita io ti credo tu così purissima
da non sapere il modo
l'arte di difendermi
e cosi ho vissuto quasi rotolandomi
per non dover ammettere d'aver perduto
Anche gli angeli capita a volte sai si sporcano
ma la sofferenza tocca il limite
e cosi cancella tutto e rinasce un fiore sopra un fatto brutto
siamo angeli con le rughe un po' feroci sugli zigomi
forse un po' più stanchi ma più liberi
urgenti di un amore, che raggiunge chi lo vuole respirare
Vita io ti credo
dopo che ho guardato a lungo, adesso io mi siedo
non ci son rivincite, né dubbi né incertezze
ora il fondo è limpido, ora ascolto immobile le tue carezze
Anche gli angeli capita a volte sai si sporcano
ma la sofferenza tocca il limite e cosi cancella tutto
e rinasce un fiore sopra un fatto brutto
siamo angeli con le rughe un po' feroci sugli zigomi
forse un po' più stanchi ma più liberi
urgenti di un amore, che raggiunge chi lo vuole respirare.

("Vita", Lucio Dalla & Gianni Morandi. M. Lavezzi – Mogol, 1988)

RINGRAZIAMENTI GENERALI

Grazie…

Ad Alessandra Comazzi, per la sua splendida prefazione, ma soprattutto per la sua amicizia.

A Roberto, marito di Lorena, per averci regalato l'edizione zero di questo libro.

All'Harem di Via Principe Amedeo, 12 – Torino, ma soprattutto al suo Sultano, Giuseppe Comazzi, detto "Pinu". "Riveriamo!" Sempre e per sempre.

Al nostro baretto e ai ragazzi che ci lavorano, ormai nostri amici e padrini del libro.

A Massimo Valsania, per il supporto informatico, la sua grande disponibilità ma, soprattutto, per aver salvato più volte Diletta dal baratro della tecnologia e averle consentito di portare a termine il… parto!

E infine, grazie davvero, a noi quattro teste di cactus. Una pacca sulla spalla, ciascuna su quella dell'altra, e poi le mani in alto in segno di Vittoria! Ce l'abbiamo fatta! Ci ringraziamo di cuore e di tutto il resto del corpo. Grazie, quattro amiche al bar, di averci fatto stare così pene… ops! Bene!

"Il lupo perde il pelo ma non il vizio!" E questa… non è una barzelletta!

Arrivederci a presto, perché, come si dice, "a volte ritornano"…

RINGRAZIAMENTI PERSONALIZZATI

Io, DILETTA, vorrei ringraziare Lorena, per aver reso la mia vita più bella e più ricca, da quando la conosco, dandomi modo di esprimere, attraverso la scrittura a quattro mani, tutto il groviglio di sentimenti e talenti annodati che mi porto dentro.

Un altro ringraziamento, davvero speciale, lo rivolgo a tutte le persone che, da sempre, mi hanno incoraggiata a scrivere, credendo nelle mie capacità. In particolare, la mia adorata nonna Bruna, i miei genitori, le mie cugine-sorelle Lisa e Sabrina e la mia "seconda mamma" Lucia.

Infine, last but not least, ringrazio di cuore la grande scrittrice Susanna Tamaro e il caro amico, ispiratore della mia anima e della mia mente, il grande, grandissimo Maestro Pupi Avati. Non rinnego la Dedica all'inizio del libro, ma aggiungo una mia dedica personale proprio a lui, lui che mi ha fatto l'onore e il grande dono della sua amicizia e del suo affetto e mi ha sempre incoraggiata, non solo a scrivere, ma soprattutto… a vivere! Grazie di cuore, Maestro buono.

Io, LORENA, ringrazio Diletta per questo viaggio meraviglioso e la invito a farne tanti altri insieme.

Infine, desidero ringraziare in modo davvero speciale mio marito Roberto, che ha sempre sostenuto questo progetto e che, da anni, sopporta le mie "cazzate".

Noi, GIUSY e LENA, desideriamo semplicemente ringraziare… tutti, ma proprio tutti!

Diletta Dalla Casa è nata a Torino, l'8/1/1971. Ha vissuto in varie città e Paesi ma dal 2004 è rientrata a Torino. È laureata a Cambridge in "European Philosophy and Literature". Ha conseguito un Master in "Teoria e tecniche della danza e delle arti performative". Insegna inglese, è Danzaterapeuta e operatrice olistica. È inoltre diplomata attrice professionista. Scrivere è da sempre la sua passione ma non ha mai tentato di pubblicare nulla. Decisivo è stato l'incontro con Lorena Sambruna, che l'ha incoraggiata a scrivere questo libro a due mani. Diletta stessa definisce quello con Lorena "l'incontro che ha dato una svolta alla mia vita."

Lorena Silvia Sambruna è nata a Milano il 03/10/1970. Conseguita la maturità presso il liceo artistico, svolge il lavoro di free lance pubblicitaria fino al 2000. Dal 2000 ad oggi cambia frequentemente città e a Torino trova la vera ispirazione per scrivere. L'incontro con Diletta Dalla Casa è stato determinante. Questa è la sua opera prima.

Questo volume è stato stampato
su carta Palatina avorio
delle cartiere Fabriano
nel mese di Aprile 2014
Stampa: La Grafica Nuova – Torino